DER KAUGUMMIGRAF

KIRSTEN REINHARDT

DER KAUGUMMIGRAF

Mit Vignetten von
Marie Geißler

CARLSEN

Außerdem von Kirsten Reinhardt im Carlsen Verlag:

Fennymores Reise oder Wie man Dackel im Salzmantel macht
Die haarige Geschichte von Olga, Henrike und dem Austauschfranzosen

Umschlaggestaltung und -typografie: formlabor
Lektorat: Franziska Leuchtenberger
Satz und Herstellung: Karen Kollmetz
Druck und Bindung: GGP Media GmbH, Pößneck
ISBN: 978-3-551-55654-7
Printed in Germany

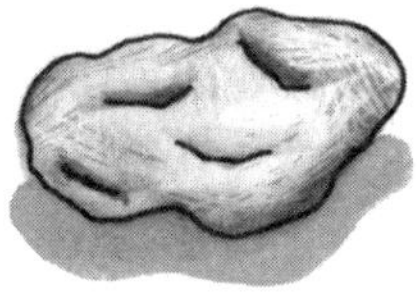

Für Frantisek

»Some are born to sweet delight,
some are born to endless night«

»Der eine ist fürs Glück erwacht,
der and're lebt in endloser Nacht«

(William Blake)

Vorwort

Guten Abend. Herzlich willkommen in diesem Buch. Oder, wie Eli sagen würde: *Hallo, ihr alten Stinkmorcheln*. Darf ich vorstellen: Ich bin der Kaugummigraf. Na ja, streng genommen war ich das am Anfang der Geschichte noch nicht. Das heißt, ich war es eigentlich schon, aber mich hatte noch niemand so genannt. Mein richtiger Name ist Eberhart von Eberharthausen, und ich lebe in einem Bahnhof. In diesem Moment sitze ich in meinem Arbeitszimmer, im Anbau. Es ist dunkel und ich kann die Sterne sehen, mein Schreibtisch steht vor dem Fenster. Gleich hinter den Gleisen ist der große Brombeerbusch, doch den sehe ich nicht, dafür ist es zu finster. Aber ich sehe etwas anderes. Ein weißes Huschen. Eine unmerkliche Bewegung in der Nacht. Man könnte fast meinen, es sei nur eine Einbildung. Doch ich weiß, dass es da ist. Ich spüre es.

Ich habe mich in drei Bettdecken gewickelt, denn die Kälte in meinen Knochen ist einfach nicht wegzukriegen. Selbst das Feuer, das hinter mir im Ofen knistert, kann mich nicht wärmen. Die anderen sind drüben in der Schalterhalle, es wird uns also niemand stören. Ich kann euch ganz in Ruhe meine Geschichte erzählen. Davon, wie eines Tages eine drangsalöse Misere über mich hereinbrach, die mein ganzes Leben durcheinanderbringen sollte. Hätte ich damals geahnt, was für Kalamitäten auf mich zukommen würden, ich wäre an jenem Morgen unter der Bettdecke geblieben … Aber nun will ich euch von all dem Seltsamen erzählen, das mir geschah. Ich hoffe, ihr habt ein bisschen Zeit.

1. Kapitel

Alles begann an dem Tag, an dem ich Feder sah. An dem Tag, an dem ich verschlief. Zwanzig Jahre lang war ich jeden Morgen um 7:30 aufgewacht, hatte die Staubteilchen, die über meinem Bett tanzten, beobachtet, hatte meine Morgengymnastik im Bett gemacht und war aufgestanden. Denn so stand es in meinem Zeitplan. An dem Morgen aber, an dem die Geschichte beginnt, erwachte ich um 11 Minuten nach 11.

Ich merkte nicht nur an den Zeigern der Uhr, dass etwas nicht stimmte. Um mich herum war es vollkommen still. Normalerweise hörte ich beim Aufwachen die Vögel, wie sie mit ihren Flügeln flatterten und sich aufgeregt um die letzten Körner stritten. Und ich hörte den Wind, wie er durch die Ritzen der Dachlatten flötete. Jetzt hörte ich nichts davon. Es war, als hätte jemand eine schalldichte Käseglocke über mich gestülpt.

Wie im Traum, als würde ich von etwas angezogen, stieg ich aus dem Bett und tappte zum Fenster. Nebel lag über den Gleisen, weiß und dicht. Von den Gräsern, die zwischen den Steinen im Gleisbett wuchsen, waren nur die Spitzen zu sehen. Nichts bewegte sich. Alles da draußen war vollkommen erstarrt. Es war, als hätte jemand die Welt auf Pause gedrückt.

Gebannt starrte ich aus dem Fenster.

Und sah das Gesicht.

Es tauchte im Brombeerbusch auf. Dem großen, auf der anderen Seite der Gleise. Hell leuchtete es zwischen den fast kahlen Zweigen hervor. Das Gesicht war rund und weiß, mit schrägen Augen. Und es sah mich an. Durch das Fensterglas hindurch spürte ich seinen Blick bis ins Innerste.

Es bewegte sich nicht und auch ich blieb stocksteif vor dem Fenster stehen. Irgendwie kam mir das Gesicht bekannt vor. Es sah traurig aus. Mir war, als würde alle Wärme aus meinem Körper schwinden und stattdessen kroch die Angst in mich hinein. Ich wollte wegsehen, aber es ging nicht. Ich wollte zurück ins Bett und mir die Füße wärmen, aber ich stand wie festgeklebt da. Ich konnte mich einfach nicht abwenden von diesen dunkelblauen Augen. Also sahen wir uns an. Ein, zwei Minuten vergingen so. Vielleicht waren es auch zehn. Oder tausend. Und dann – ja, dann war der Moment vorbei. Das Gesicht verschwand ebenso plötzlich, wie es aufgetaucht war. Und mit seinem Verschwinden waren all die Geräusche zurück, lauter, als ich sie jemals zuvor gehört hatte.

Als ich wieder zu mir kam, schlotterte ich am ganzen Leib.

Draußen schien jetzt alles wie immer. Der Nebel hatte sich verflüchtigt. Ein Käfer landete auf der Fensterscheibe und tastete vorsichtig mit seinen Fühlern auf dem Glas. Ich war erleichtert, dass sich die Welt wieder bewegte, doch ich selbst konnte mich noch immer nicht rühren. Meine Füße waren wie festgefroren. Ich schielte zu der großen Bahnhofsuhr über meinem Schreibtisch. 15:37. Mehr als vier Stunden waren vergangen! Ich sah hinüber zum Brombeerbusch. Nichts, kein blasses Gesicht, keine schrägen Augen, die mich mit ihrem Blick festhielten.

Doch vorbei war es nicht, das spürte ich. Denn die Angst, die tief in meinen Knochen saß, war keine normale Angst. Und die Kälte, die sich von dort aus in meinem ganzen Körper ausbreitete, war keine normale Kälte. Und außer der Angst und der Kälte war da noch etwas. Es war mein Magen. Er machte Geräusche, denn er war leer bis auf den Grund. Ich hatte einen kolossalen, magenkrachenden Hunger.

Am liebsten hätte ich auf der Stelle Frühstück und Mittagessen und meinetwegen noch eine ganze Packung Zuckerstückchen auf einmal vertilgt, aber Frühstück gab es bei mir zwischen 8:00 und 9:00 und das war längst vorbei. Das Mittagessen hatte ich auch verpasst, aber was war jetzt dran? Vor lauter Verwirrung fiel mir mein eigener Zeitplan nicht mehr ein. Aus meiner rechten Hosentasche holte ich ein Stück Papier. Es war mehrfach gefaltet, an den Rändern gräulich verfärbt und ganz weich, so oft hatte ich es in den Händen gehalten. Ich entfaltete es und dann las ich mir meinen Zeitplan durch. Von vorne bis hinten. Das hatte mir noch immer geholfen.

7:30 Staub beobachten, Morgengymnastik im Bett,
Pantoffeln und Morgenmantel anlegen

8:00 3 Stück Schiffszwieback, Earl Grey mit
3 Würfeln Zucker, 1 Tropfen Kondensmilch
in der Küche

9:00 Einseifen mit dem Dachshaarpinsel, Rasur, Zähneputzen

9:30 Am Schreibtisch sitzen

10:00 Nickerchen auf dem Küchensofa, Zehengymnastik

12:00 1 Dose aufgewärmter Brighton's Best Baked Beans im
Speisezimmer einnehmen. Keine Winde, nicht rülpsen

13:00 Küche aufräumen. Mit Schmitt plaudern

13:30 Schlafen im Bett

15:45 Gymnastik auf der Veranda zur Förderung
der Durchblutung und allgemeinen Gesundheit

16:00 Nachdenken und Sinnieren im Schaukelstuhl

17:00 Earl Grey mit 3 Würfeln Zucker, 1 Tropfen Kondensmilch,
im Kaminzimmer

18:00 Kontrollrunde durch den Bahnhof

18:30 Schiffszwieback mit Essiggürkchen in der Küche

19:30 Auf der Veranda sitzen und die Gleise betrachten
Bei Kälte in der Küche sitzen und ins Feuer sehen

21:00 Schlummertrunk im Cognaczimmer

22:00 Abendgespräch mit Schmitt

23:05 Pantoffeln & Morgenmantel ablegen. Bettruhe

Gymnastik also. Herrje. Das passte mir überhaupt nicht. Meinen Zeitplan, müsst ihr wissen, hatte ich über zwanzig Jahre lang eingehalten. Fast jeden einzelnen der letzten 7305 Tage hatte ich so verbracht. Leider gab es Abweichungen. Drei, wenn ihr es genau wissen wollt.

Einmal, an einem Montag vor 10 Jahren, hatte ich versehentlich schon um 11:57 mit dem Mittagessen begonnen. Danach hatte ich bis tief in die Nacht fürchterliche Bauchschmerzen, weil sich mein Zeitplan zum ersten Mal verschoben hatte.

Ein anderes Mal, es war ein Sonntag im Dezember vor sechs Jahren, hatte ich eine schlimme Erkältung. Ich lag zwei Tage lang im Bett und konnte mich weder um Schmitt noch um mich selbst kümmern. Als ich endlich wieder aufstehen konnte, bemerkte ich, dass meine Arbeitszimmertür in den Angeln festgefroren war. Es dauerte einen weiteren Tag, bis ich mich endlich befreit hatte. Schmitt und ich waren beide nur noch Haut und Knochen.

Und das dritte Mal, es muss jetzt drei Jahre her sein, hatte ich an einem Sommertag beim Sinnieren die Zeit vergessen und es erst um 18:03 bemerkt. Dem Tee, den ich dadurch verpasst habe, trauere ich bis heute nach.

Immer, wenn ich meinen Zeitplan nicht eingehalten hatte, war etwas Furchtbares geschehen. Was würde dieser verpasste halbe Tag in meinem Leben anrichten? Und was sollte ich jetzt tun? Ging ich nach meinem Magen, würde der Zeitplan noch mehr durcheinandergeraten. Begann ich jedoch mit der Gymnastik, würde ich vermutlich beim ersten Hampelmann mausetot auf der Veranda zusammenbrechen, denn inzwischen war ich so entkräftet, dass ich fürchtete, jeden Moment ohnmächtig zu werden.

Ich stand eine Weile unschlüssig da und überlegte hin und her und kreuz und quer. Und dann, ich weiß nicht, wie es geschah, konnte ich meine Füße wieder bewegen. Mit allerletzter Kraft taumelte ich zu meinem Bett in die Ecke des Arbeitszimmers. Ich ließ mich auf die Matratze sinken, kroch tief unter die Bettdecke und schloss die Augen. *Ich schlafe jetzt ein,* dachte ich. *Und wenn ich wieder aufwache, ist es morgen früh um 7:30 und alles ist wie immer. Ja, morgen wird alles wieder normal sein.*

2. Kapitel

Ich fürchte, ich muss euch an dieser Stelle etwas über meine Kindheit erzählen. Bitte bedenkt, dass das Ganze wirklich sehr lange her ist. Solche schrecklichen Dinge wie damals gibt es heute bestimmt nicht mehr. Das will ich jedenfalls hoffen.

Die Geschichte von Feder

Feder war ein Junge, der mit mir zusammen die Anstalt besuchte. Die Anstalt war ein Internat für schlecht erzogene Knaben aus sehr gutem Hause. Das heißt, wir hatten alle sehr reiche und wichtige Eltern, die keine Lust hatten, sich um uns zu kümmern. Oder solche, die Kinder nicht leiden konnten und uns deshalb bei Direktor Quirin Madenbach, dem Leiter der Anstalt, abgaben, bis wir einigermaßen erwachsen geworden waren. Direktor Madenbach, den wir heimlich Made senior nannten, herrschte mit eisernem

Regiment in dem mächtigen, sommers wie winters immer etwas feuchten Gemäuer.

Doch zurück zu Feder.

Feder hatte ein rundes Gesicht, seine Augen standen leicht schräg und er sprach nicht. Jedenfalls sagte er nichts, was man verstehen konnte. Made senior beachtete ihn kaum. Zumindest nicht, solange sich Feder unauffällig verhielt. Im Unterricht saß Feder fast immer stumm da und sah aus dem Fenster. Dabei wurde sein Blick ganz glasig. Manchmal aber begann Feder, leise vor sich hin zu summen. Dann sprang Made senior sofort zu seinem Tisch und ließ seinen Stock darauf niedersausen. Egal, ob sich Feders Hände auf der Tischplatte befanden. Oder vielleicht vor allem dann. Mit der Zeit hatte Feder gelernt, lautlos zu weinen.

Nach dem Unterricht, wenn wir unsere Runden auf dem gefrorenen Sportplatz liefen oder die Wege vor der Anstalt harkten, hielt sich Feder abseits. Er schlich mit gesenktem Kopf umher und bückte sich gelegentlich. Er suchte Federn. Mit endloser Geduld suchte er, denn es kamen nicht viele Vögel auf das Gelände der Anstalt. Wenn ich ein Vogel gewesen wäre, hätte ich auch einen weiten Bogen um diese Gegend gemacht. Sie war trostlos und ungemütlich. Abgesehen davon machte sich Made senior einen Spaß daraus, mit seinem Schrotgewehr aus dem Turmfenster auf vorbeifliegende Vögel zu schießen. Mit der Zeit hatte sich das unter den Vögeln wohl herumgesprochen. Doch es kam trotzdem hin und wieder vor, dass ein Schwarm aus dem Süden, der noch nicht von Made senior gehört hatte, an seinem Fenster vorbeiflog. Hielt er sich gerade in seinem Arbeitszimmer auf, hatten sie Pech.

Mit der Zeit hatte Feder eine wundersame Sammlung zusammengetragen. Mehrere blau gescheckte Federn des Eichelhähers waren darunter, die gelbe Feder eines Erlenzeisigs, eine wunderschön quer gestreifte Feder des Jagdfasans, die schwarze, gerundete Feder einer Nonnengans und die gepunktete Handschwinge eines Buntspechtes. Das Herzstück seiner Sammlung aber war eine leuchtend rote Steuerfeder eines Gartenrotschwanzes.

Diese Schätze holte Feder hervor, wenn er sich unbeobachtet fühlte. Er hielt sie sich so dicht vor seine schiefen Augen, dass er schielte, und dann schnupperte er daran. Feder hatte seine Federn immer ganz nah bei sich. In der Nacht versteckte er sie unter seinem Kopfkissen, und am Tag verbarg er sie unter seinem Hemd. Wir anderen hatten uns daran gewöhnt, wir ließen Feder in Ruhe. Manchmal, wenn Made senior etwas an die Tafel schrieb und sich genau in dem Moment zu uns umdrehte, in dem Feder an seinen Federn schnupperte, täuschte einer von uns sogar einen Hustenanfall vor, um die Aufmerksamkeit des Direktors auf sich zu lenken.

Doch es gab einen unter uns, der Feder nicht in Ruhe ließ. Das war Ewald der Lange, ein magerer älterer Junge aus dem besten Hause von allen. Er hatte eine große Zahnlücke und war sehr grausam. Er hatte große Freude daran, uns bei Made senior anzuschwärzen und spähte feixend durch die Mauerlücke, wenn wir in der Strafkammer nachsitzen mussten.

Ewald der Lange pickte sich immer diejenigen von uns heraus, die gerade ein bisschen schwach auf der Brust waren. Wenn er merkte, dass einer von uns etwas langsamer lief als sonst, etwas mehr hustete, dass seine Haare an diesem Tag etwas mehr abstanden – sofort war Ewald zur Stelle und machte sich über ihn lustig. Und immer schaffte er es, dass wir es waren, die bestraft wurden.

Vielleicht lag das daran, das Ewald eine ganz spezielle Verbündete hatte: Made junior.

In Wirklichkeit hieß sie Eleonore Madenbach und sie war die schrecklichste Bewohnerin der Anstalt, noch schrecklicher als Made senior. Made junior war das einzige Mädchen. Stark, hinterlistig und grausam war sie. Oh ja. Sie liebte es, bei Bestrafungen zuzusehen, und lieferte ihrem Vater nur zu gern Vorwände für den großzügigen Einsatz von Stock, Strafkammer und Strafdiensten auf dem gefrorenen Feld. Als sie sich mit Ewald dem Langen zusammengetan hatte, befürchteten wir das Schlimmste.

Wir alle bemühten uns, nicht aufzufallen, und schlichen geduckt und in Gruppen durch die Gänge der Anstalt. Alle wollten möglichst in der Mitte laufen, keiner am Rand oder vorn oder hinten. Wir wurden zu einer ängstlichen, blassen Masse. Und da wir alle zusammenblieben, pickten sie sich schließlich Feder heraus, der immer am Rand war oder etwas außerhalb und damit ein leichtes Ziel.

Eines Nachts klaute Ewald der Lange ihm die Federn unter seinem Kopfkissen hervor. Als Feder am Morgen wie gewohnt an seinen Federn riechen wollte, keuchte er ungläubig. Wieder und wieder sah er unter seinem Kopfkissen nach. Er hob es hoch und legte es wieder hin und hob es wieder hoch und legte es wieder hin. Als ob er seine Federn dadurch erscheinen lassen konnte, wie ein Magier mit einem Trick. Er schüttelte seinen runden Kopf hin und her und keuchte immer hastiger, bis ich fürchtete, er würde gleich ohnmächtig werden.

Ewald der Lange lachte trocken und trat auf ihn zu. »Na, Schielauge!«

Wir duckten uns. Feder sah ihn und rang nach Luft.

»Suchst du was?«

Feders Gesicht wurde trotz der Angst darin ein bisschen hoffnungsvoll, als Ewald der Lange ihm seine Federn vor die Nase hielt wie einen Strauß Blumen.

»Willst du die?«

Feder nickte eifrig und streckte die Hände nach seinem Schatz aus. »Hahhhhfff«, machte er.

Ewald der Lange konnte extrem fies grinsen. Er sprach langsam und betonte jedes Wort.

»Du willst schmutzige Federn? Du musst bitte-bitte-lieber-Ewald sagen!«

»Hahhhhfff«, machte Feder noch einmal.

Ewald hielt die Federn etwas höher.

Wir rückten langsam näher und bildeten einen Kreis um die beiden. Keiner traute sich, etwas zu sagen. Wir alle sahen gebannt zu.

»Sag bitte-bitte-lieber-Ewald!«

Feder keuchte hilflos.

Ich stellte mir vor, wie ich Ewald dem Langen einen Kinnhaken versetzte, der ihn zu Boden gehen ließ. Wie ich über ihm stand und mit lauter Stimme sagte: »Wenn du Feder nicht sofort seine Federn zurückgibst, bekommst du eine Abreibung, die du in deinem Leben nicht vergessen wirst. Und jetzt sag: Bitte-bitte-verzeih-mir-lieber-Feder!«

In Wirklichkeit sagte ich leider gar nichts. Ich machte einen Schritt zurück, hinter Ludwig und Antonin. Von dort verfolgte ich, was weiter geschah.

Feders Gesicht hatte einen leeren Ausdruck angenommen. Seine Unterlippe zitterte.

Ewald der Lange lachte noch einmal sein trockenes Lachen. Dann zog er eine Schere hinter seinem Rücken hervor und zerschnitt die Federn mit blitzschnellen Bewegungen in der Luft. Blau, gelb, braun, schwarz, weiß und rot rieselte es auf den Boden. Wir alle hielten den Atem an.

Ein gellender Schrei ertönte und dann heulte Feder wie eine Sirene. Aus seinen Augen spritzten Tränen, aus seiner Nase rann der Rotz und er machte merkwürdige Geräusche, schnaufend und wehklagend zugleich. Dann plötzlich wurde Feder still. Er presste seine Lippen aufeinander und boxte sich durch uns hindurch, stieß die Tür des Schlafsaals auf und rannte Made junior über den Haufen, die dort offenbar gelauscht hatte. Einen Augenblick lang saß sie verdutzt am Boden und schaute zu uns auf. Die schwere Eichentür hatte sie über der Augenbraue getroffen, in Sekundenschnelle bildete sich dort eine Beule. Sie wurde größer und größer und dann platzte sie auf und das Blut lief ihr über das Gesicht. Bevor Made junior ihren Mund zu einem spitzen Schrei öffnete, der ihren Vater im Laufschritt aus seinem Turmzimmer zu uns eilen und eine Extraportion Strafarbeiten verteilen ließ, trafen sich unsere Blicke. Ein triumphierendes Lächeln huschte über ihre

Lippen. Es sah fast so aus, als ob sie sich darüber freute, was geschehen war. Oder über das, was ihr Vater mit uns anstellen würde, wenn er es sah. Es war nur ein Moment, ein halber Atemzug, doch ich hatte das Lächeln ganz genau gesehen.

Von Feder haben wir nichts mehr gehört. Er sei verjagt worden, sagten die einen. Von Made senior, mit seinem Schrotgewehr, in den Wald, und dort den wilden Tieren zum Fraß vorgeworfen. Er sei ins Gefängnis gekommen, für immer, bei Wasser und Brot, sagten die anderen. Er sei in ein Krankenhaus für Verrückte gekommen, wo sie ihm den Kopf geschoren hatten und er Pillen nehmen musste, die ihn noch verrückter machen.

Und dann, an einem Dienstagmorgen, wenige Tage vor meinem Ausbruch aus der Anstalt, kam Made senior ein paar Minuten zu spät zum Frühstück. Er hielt einen Zettel in der Hand. Er räusperte sich und erklärte mit knappen Worten, dass wir heute für unseren ehemaligen Mitschüler Hans-Heinrich von H. beten würden, der leider von uns gegangen sei, und für seine Familie, der er einen solchen Kummer bereitet hatte. Es dauerte ein paar Sekunden, bis wir begriffen, dass er damit Feder meinte. Dann wurde gegessen und in der Anstalt wurde niemals wieder ein Wort über Feder verloren.

3. Kapitel

Am nächsten Morgen erwachte ich wieder nach Zeitplan, um 7:30, und einen Moment lang war tatsächlich alles wie immer. Ich betrachtete drei Minuten lang die kleinen Staubteilchen, die in dem Sonnenstrahl über meinem Bett tanzten. Dann streckte ich mich, bis meine Knochen knacksten, und kreiste zwei Minuten lang mit den Handgelenken und Füßen. Als ich mit meiner Morgengymnastik fertig war, setzte ich mich auf und katapultierte meine Beine mit einem eleganten Schwung über die Bettkante. Sie landeten direkt in den Pantoffeln, die wie immer auf dem Fußboden warteten. Meine Pantoffeln sind aus marmeladenrotem Samt und mit dem goldenen Familienwappen bestickt und sie sind das Einzige, was ich vom gesamten Familienbesitz behalten habe. Sie sehen wirklich herrschaftlich aus, aber das interessiert mich nicht die Bohne. Ich schlüpfte in meinen Morgenmantel, den ich einmal auf einem Flohmarkt gefunden hatte. Er ist aus dunkler Seide, mit großen Mohnblüten darauf. Dann schlich ich über die Veranda. Schmitt sah aus, als ob er noch schliefe. Ich würde mich später bei ihm entschuldigen, dass ich mich gestern nicht gekümmert hatte.

Gestern.

Mein dreistündiges und einundvierzigminütiges Verschlafen und das bleiche Gesicht im Brombeerbusch fielen mir ein. Sofort war die Angst wieder da, als hätte sie in meinen Knochen nur darauf gelauert, dass ich mich erinnerte. Ich entfachte im Bollerofen in der Küche ein Feuer, doch es wärmte mich nicht. Und ich zitterte. Ich zitterte so sehr, dass ich alles fallen ließ, zwei Teetassen gingen zu Bruch. Ich wurde immer fahriger. Bald schaute ich jede Minute auf die Uhr, um nicht auch noch aus dem Zeitplan zu geraten.

Als ich das Frühstück endlich hinter mich gebracht hatte und um 9:30 am Schreibtisch saß, blickte ich dauernd zum Fenster, hinüber zum Brombeerbusch. War da nicht etwas Weißes gewesen? Ein Huschen im Gebüsch? Ein Schleichen jenseits der Gleise? Ein Paar schräger Augen, das mich beobachtete? Doch sobald ich genau hinsah, schien alles wie immer. *Reiß dich zusammen, Alterchen,* sagte ich mir. *Wenn du das hier überstehen willst, musst du weitermachen. So, wie du es immer getan hast. Du musst einfach weitermachen und so tun, als sei nichts geschehen. Denn dann ist am Ende vielleicht auch gar nichts geschehen.*

Doch dieses Mal sollte mir diese Strategie nicht helfen. Vor lauter Aufregung konnte ich um 10:00 nicht einschlafen und bei der Zehengymnastik waren meine Füße so unbeweglich wie nie. Schmitt hatte auch keine Lust, mit mir zu plaudern. Er war wohl noch immer beleidigt, weil ich mich am Vortag nicht um ihn gekümmert hatte. Endlich fand ich gegen 14:00 in den Schlaf, aber ich träumte seltsam. Von tiefen Kellern und hohen Mauern, von feuchter Dunkelheit und ängstlichen Wesen, die sich darin verbargen. Ich war froh, als ich erwachte. Doch ich war nicht erholt, ich fühlte mich zerschlagen. Und es war schon wieder 15:45. Zeit für Gymnastik.

Ich stellte mich am Rand der Veranda auf, ein bisschen abseits von Schmitt. Ich trippelte auf und ab und dann machte ich meinen ersten Hampelmann. Meine Arme und Beine waren schwer vom langen Liegen, und ich brachte sie kaum hoch. Auch die Kniebeuge verunglückte.

Plötzlich hörte ich ein Kichern. Ich sah sofort zum Brombeerbusch, doch da war nichts. Ich musste mich verhört haben. Also weiter mit den Übungen: Kniebeugen, Hampelmann und wieder von vorne. Kniebeugen, Hamp–, da war es wieder. Schmitt konnte es nicht sein, der machte gerade sein Nickerchen. Außerdem hatte ich ihn noch nie kichern hören. Ich weiß gar nicht, ob Hunde überhaupt kichern können. Aber ein Kichern war es, das ich jetzt wieder hörte. Eindeutig. Ein helles, fröhliches Kichern. Ich hielt mitten in meinem Hampelmann inne. Die Beine so weit auseinander, wie es ging, und die Hände auf halbmast seitlich ausgestreckt stand ich da und sah mich um. Schräg hinter mir, am Ende der Veranda, entdeckte ich das Mädchen. Ihre langen Haare sahen aus, als wäre sie schon eine ganze Weile nicht mehr beim Friseur gewesen. Struppig umstanden sie ihr schmales Gesicht. Auch ihre Hände waren offenbar schon lange nicht mehr mit einem Stück Seife in Berührung gekommen. Sie saß einfach so da, guckte mich an und ließ die Beine baumeln.

»*Örp*«, machte ich erschrocken.

Eigentlich wollte ich natürlich etwas anderes sagen, doch das Einzige, was aus mir herauskam, war »*Örp*«.

»Du flitzt ja ganz schön herum. Bist immer so hektisch?«, sagte sie.

»*Örp.*«

»Du bist echt ein komischer Kauz«, sagte sie. »Aber dein Bahnhof gefällt mir. Kann ich mich mal umgucken?«

»*Örp.*«

Ich weiß nicht, was ich erwartet hatte. Das bleiche Gesicht vielleicht oder eine ähnlich unheimliche Erscheinung. Aber ein freches, schmutziges Mädchen? Auf meiner Veranda?

Seit vierzig Jahren hatte mich hier niemand gestört. Und jetzt das! *Umgucken* wollte sie sich. Einen *komischen Kauz* nannte sie mich. Es gelang mir, mich halbwegs normal hinzustellen. Und dann, endlich, gehorchte mir meine Stimme wieder und ich konnte sagen, was ich die ganze Zeit hatte sagen wollen: »Wer bist du und was willst du hier?«

4. Kapitel

Die Geschichte, die sie mir erzählte, war nicht besonders gut. Ich kenne mich aus mit Geschichten, die man den Leuten erzählt, um etwas von ihnen zu bekommen; etwas zu essen, etwas Kleingeld oder ein Bett für die Nacht. Ich selbst hatte es damals oft genug getan. Doch das Mädchen schien darin nicht so geübt. Sie stammelte, dass sie eine arme Seele war, die niemanden hatte auf der ganzen Welt und dringend irgendwo verschnaufen musste, zumindest eine Zeit lang und Pipapo. Und sie machte lange Pausen, als würde sie ganz genau überlegen, was sie mir erzählen sollte. Oder durfte. Ja, es wirkte fast so, als würde ein innerer Schatten sie gerade dann zum Schweigen bringen, wenn etwas Nichtgeflunkertes aus ihr herauskommen wollte.

Das Ergebnis war dünn und lückenhaft und es war völlig

klar, dass es nicht die Wahrheit war. Trotzdem standen wir am Ende beide da und sahen uns betroffen an. Sie war wohl betroffen über ihre mangelnden Lügenkünste; ich war betroffen, weil ich wusste, ich hatte keine Wahl. Es war nun einmal so, dass das Mädchen, schmutzig und frech hin oder her, Hilfe brauchte, wenn auch nur ein klitzebisschen von dem stimmte, was sie mir erzählt hatte. Das gefiel mir nicht, aber ich weiß, was sich gehört.

»Also, was willst du?«, fragte ich.

Die Antwort kam sofort.

»Erst mal Essen. Dann deinen Bahnhof sehen. Und vielleicht hierbleiben.«

Ich überschlug die Zeit. Ich hatte jetzt eine volle Stunde zum Nachdenken und Sinnieren. Wenn ich diese Stunde nahm … wohl war mir nicht dabei, mit meinem derzeit so fragilen Zeitplan zu experimentieren, aber es war die einzige Lösung. Etwas zu essen würde sie bekommen und dann würde sie schon merken, dass sie gar nicht hierbleiben wollte. Bei so einem *komischen Kauz*, wie ich angeblich einer war.

Ich wärmte ihr eine Dose Bohnen auf und servierte sie in der Küche. Nach der ersten Dose wollte sie noch eine und nach der zweiten Dose wollte sie eine dritte. Ich fand es einfach unglaublich, wie viele Bohnen in ein so kleines Mädchen hineinpassten. Mein Vorrat reichte zwar noch an die drei Jahre, aber langsam wurde ich doch nervös. Wenn sie so weitermachte, würde bald nicht mehr genug für mich übrig sein! Außerdem war ihr Benehmen bei Tisch ein wahrer Graus. Ich hatte allerdings nichts anderes erwartet und beschloss, darüber hinwegzusehen. Schließlich war ich nicht ihr Vormund. Nachdem sie mir noch eine vierte Dose weggefressen hatte, fand ich, dass es jetzt an der Zeit war, ernsthaft zu werden.

Ich muss euch sagen, dass ich nicht besonders stolz darauf bin, was ich dann getan habe. Aber ich konnte nicht anders. Denn es würde absolut unmöglich sein, mit diesem Mädchen im Bahnhof meinen Zeitplan einzuhalten. Sie würde überall im Weg herumstehen und umherwuseln und Dinge wissen wollen, die sie nichts angingen. Sie würde alles in ihre schmutzigen Hände nehmen und sich alles angucken, ohne zu fragen. Ich hatte mir meine Worte ganz genau überlegt. Auf gar keinen Fall sollte mir ein *Örp* dazwischenkommen.

»Also, Mädchen«, sagte ich und erhob mich von meinem Platz.

Sie war gerade dabei, den Teller mit ihrem schmutzigen Zeigefinger zu säubern, aber sie sah immerhin zu mir hoch.

»Jetzt sind wir schon beinahe eine Stunde beisammen und haben uns noch nicht einmal vorgestellt. Es tut mir leid. Du hast mich etwas überrumpelt.« Ich verbeugte mich. »Gestatten. Mein Name ist Eberhart von Eberharthausen.«

»Schick«, sagte sie und kratzte sich am Nasenloch. Ein bisschen von der roten Bohnensoße blieb dort zurück. Ich wartete einen Moment, aber als sie keine Anstalten machte, mir ihren Namen zu nennen, setzte ich mich wieder.

»Und wie heißt du?«

Sie zuckte mit den Achseln. »Namen«, sagte sie. »Pfffff. Hatte ich schon viele. Aber wenn du es wirklich wissen willst, ich bin Eli.«

»Eli, also«, sagte ich. »Und weiter?«

Sie sah mich unendlich gelangweilt an.

»Weiter kannst du dir aussuchen. Kiesewetter, Goldbein, Swoboda, Spinelli – wie es Ihnen beliebt, *Herr von Eberharthausen.*«

Ihre Antwort war nicht ganz so, wie ich sie mir vorgestellt hatte. Doch ich beschloss, trotzdem wie geplant weiterzumachen.

»Gut, dann werde ich dich einfach Eli nennen. Sehr erfreut, deine Bekanntschaft zu machen, Eli.«

Eli grunzte unwillig.

»Eli«, sagte ich. »Was ich dir mitteilen muss, ist, also, in diesem Bahnhof herrscht ein gewisser … *Rhythmus*. Gewisse Dinge müssen getan werden. Gewisse Zeiten müssen eingehalten werden. So war es immer und so ist es nun mal …«, langsam wurde ich nervös. Die ganze Zeit, die ich hier saß und redete, drohte sich der Zeitplan aufs Neue zu verschieben. Ich musste es schnell hinter mich bringen.

»In diesem Haus, äh, Bahnhof gelten strenge Regeln. Einige wurden in letzter Zeit gebrochen. Viele sogar. Das macht mich ganz …«

»Wütend?«

»Müde«, sagte ich. »Es macht mich müde. Deshalb bitte ich dich, liebes Mädchen …«

»Eli.«

»Liebe Eli. Du hast mir deine, ähm, *Geschichte* erzählt und ich habe dir Essen gegeben und dir für eine Weile Unterschlupf geboten. Doch nun ...«

Das Mädchen schaute auf ihre Hände und pulte an ihrem Fingernagel herum.

»Es ist ja nichts gegen dich. Sicher, du hast keine Benimmse. Du bist frech, dass sich die Balken biegen. Dein Verhältnis zur Wahrheit ist ein sehr distanziertes, um es vorsichtig auszudrücken, und ich frage mich ernsthaft, obwohl es mich natürlich nichts angeht, wann du zum letzten Mal einer Grundreinigung unterzogen wurdest. Du bist ein ganz und gar schreckliches Kind, aber ...«, ich verstummte.

In der Küche war es so still, dass man die Zeiger der Uhr hörte. Das Mädchen hatte mir verblüfft zugehört.

»*O-keh*. Verstehe. Kein Problem.« Sie lutschte einen Rest Tomatensoße von ihrem Finger ab. »Schicke Pantoffeln übrigens. Was ist denn das für ein Wappen? Du bist nicht zufällig ein Graf oder so was?«

Ich zuckte mit den Schultern. »So was«, murmelte ich.

Das Mädchen nickte. Dann stand sie auf und ging hinaus.

5. Kapitel

Nachdem das Mädchen weg war, fühlte ich mich wunderbar. Ich fühlte mich befreit. Ich konnte nicht glauben, dass es so leicht gewesen war, sie loszuwerden. Um 17:00 nahm ich vergnügt meinen Earl Grey im Kaminzimmer ein und gönnte mir zur Feier der gelungenen Zeitplan-Rettungsmaßnahme ein extra Stück Würfelzucker. Bei meiner Kontrollrunde durch den Bahnhof pfiff ich beschwingt vor mich hin, so, wie ich es schon lange nicht mehr getan hatte.

Dann war mein Abendimbiss dran, ihr kennt den Zeitplan, doch ich hatte keinen Appetit. Und danach konnte ich mich nicht entscheiden, ob es schon ein kalter oder noch ein warmer Abend war. Sollte ich auf der Veranda sitzen und die Gleise betrachten oder in der Küche bleiben und ins Feuer sehen? Ich verbrachte die Zeit damit, zu überlegen, wo ich sie verbringen sollte, und dann war sie auch schon vorbei. Je tiefer die Sonne sank und je länger die Schatten draußen wurden, umso düsterer wurde meine Stimmung. Das Gesicht im Brombeerbusch fiel mir wieder ein und meine Angst; die dunklen, unruhigen Träume aus meinem Mittagsschlaf. Wenn auch nur ein Viertel von dem stimmte, was das Mädchen mir erzählt hatte, lief sie jetzt irgendwo da draußen herum. Im Dunkeln. Allein. Auf der Suche nach einem Schlafplatz. Und wie sich das anfühlte, daran konnte ich mich auf einmal sehr gut erinnern.

Ich ging ins Cognaczimmer, um meinen Schlummertrunk einzunehmen. Der Sinn eines Schlummertrunkes ist ja, dass man dabei müde wird, an gar nichts mehr denken muss und gut schlummern kann. Bei mir passierte an diesem Abend leider das Gegenteil, denn ich erinnerte mich wieder. Ja, ich wusste wieder, wie es ist, ein Kind zu sein. Ein Kind, das keiner so richtig ernst nimmt, auch wenn der ein oder andere vielleicht so tut. Ein Kind, das den Launen der Erwachsenen ausgeliefert ist. Und ich wusste, wie es sich anfühlt, allein zu sein. Auf Trebe, ein Ausreißer. Einer, der kein Zuhause hat. Ich erinnerte mich an das Gefühl, in der Nacht, mit zu dünnen Schuhen, über dunkle Stoppelfelder zu gehen, ohne zu wissen, wann das nächste erleuchtete Heim auftauchen würde. Und an die Angst, wenn dann eines in der Ferne erschien, ob die Leute, die dort wohnten, es auch gut meinen würden.

Aber da war noch etwas. Es war zwar nur so ein Jucken am linken Ohr, ein Kribbeln an den Haarwurzeln – doch es war da. Ich hatte wieder eine leise, ganz entfernte Ahnung davon, wie es sich anfühlte, frei zu sein. Es war klar, dass ich nicht einfach weitermachen und so tun konnte, als ob nichts geschehen war. Aber ich hätte es wirklich sehr gerne getan. Also ließ ich mein halb volles Glas stehen und ging zu Schmitt auf die Veranda. Vielleicht würde er ja sagen, das alles sei nicht der Rede wert. *Das Mädchen wird schon klarkommen, mach dir mal keine Sorgen, Alterchen, denn solche Mädchen sind zäh. Kein Grund zur Aufregung.* Ich hoffte, dass Schmitt so etwas in der Art sagen würde. Ich gebe zu, ich hoffte es sehr.

SCHMITT, DAS SOLLTET ihr wissen, ist mein einziger Freund. Ich habe ihn kennengelernt, als ich zur See fuhr. Ich war pleite und fand keine Arbeit und heuerte schließlich auf einem Schiff an. Für einen Schiffsjungen war ich zwar schon zu alt, aber die Dinge, die ich an Bord tun musste, waren dieselben: Kajüten putzen, Maden aus dem Brot pulen, die Offiziere bedienen. Immerhin hatte ich ein Dach über dem Kopf und genug zu essen: Schiffszwieback und Essiggürkchen gab es massenhaft.

Das Schiff fuhr nach Istanbul, um dort Gewürze und Stoff zu laden. Der Kapitän war eine echte Nummer, doch von ihm will ich später erzählen. Istanbul war wunderschön. Ich hatte noch nie eine solch riesige Stadt gesehen, mit so einem breiten Fluss in der Mitte und so nah am Meer. Ich fühlte mich wohl dort, mit all den schiefen, winkligen Gassen, dem Trubel und all den freundlichen Menschen auf den Straßen.

Das Schönste aber waren die wehmütigen Gesänge der

Muezzins. Das sind die Ausrufer, die von den hohen Türmen der Moscheen aus fünf Mal am Tag ihr Lied singen. In der ganzen Stadt verteilt sind diese Türme, so dass sich die Gesänge zu einem wundersamen, melancholischen Wehklagen verweben. Mich rührte das sehr, obwohl ich kein Wort von dem verstand, was sie da sangen. Schmitt erklärte mir später, dass es um Gott ging, den die Türken Allah nennen, und dass der Muezzin die Menschen zum Gebet ruft. Schmitt konnte das natürlich verstehen, denn er war in Istanbul aufgewachsen. Er war ein waschechter Istanbuler Straßenhund.

Ihr müsst nicht denken, dass er schlechte Manieren hatte, besonders schmutzig oder gar böse war, weil er auf der Straße groß geworden war. Die Straßenhunde in Istanbul sind stolze, freie Tiere, die in kleinen Gruppen zusammenleben und von den Menschen respektiert werden. Schmitt hatte irgendwelche Probleme mit einem Restaurantbesitzer bekommen und lungerte am Hafen herum, gerade, als wir auslaufen wollten. Er war damals noch sehr jung. Er fiel mir auf, weil er zwar die gleiche stolze Haltung hatte wie die anderen Straßenhunde in der Stadt, aber traurig auf die Schiffe sah, die eins nach dem anderen ihre Anker lichteten und den Hafen verließen. Ich ging zu ihm hin und sprach ihn an.

Es kommt euch vielleicht komisch vor, dass ich einen Hund *ansprach*, doch seine Augen blickten so klug, dass ich keine Sekunde darüber nachdachte. Ich wusste, er würde mich verstehen. Nachdem wir eine Weile geplaudert hatten – und Schmitt verstand es wirklich, zu plaudern –, dröhnte das Horn unseres Schiffes. Ich sprang auf. Zeit für die Abfahrt! Schmitt sah mich so herzzerreißend traurig an, dass ich ihm anbot, mich zu begleiten. Und so kam es, dass er fortan immer dorthin ging, wo auch ich hinging. Zuletzt kam er mit in den Bahnhof. Wir sind zusammen alt geworden.

DRAUSSEN AUF der Veranda war es kühl. Die Luft roch nicht mehr nach Sommer, etwas anderes hatte sich daruntergemischt. Schmitt lag auf seinem Teppich und schlief noch immer. Oder schon wieder. So genau konnte man das bei Schmitt nie sagen.

Ich stupste ihn mit der Pantoffelspitze an, ganz leicht nur.

»Schmitt«, rief ich leise.

Er rührte sich nicht.

»Schmitt, wach auf!«

Er knurrte unwillig. »Was gibt es denn, Alterchen. Probleme?«

Ich hatte das Gefühl, dass er mich prüfend ansah, doch ganz sicher war ich mir nicht, denn sein Fell reichte ihm bis über die Augen.

»Allerdings«, sagte ich und dann erzählte ich ihm von Eli.

Schmitt sah unbeeindruckt vor sich hin. »Deswegen hast du dich also nicht um mich gekümmert.«

»Entschuldige.«

Schmitt schwieg.

»Aber du hättest sie sehen sollen. Dieses Mädchen ist unmöglich! Sie erzählt Lügengeschichten, sie kaut mit offenem

Mund, sie ist schmutzig und schlecht erzogen, sie benimmt sich, als sei sie hier zu Hause und …«

Schmitt unterbrach mich. Das ist natürlich nicht die feine Art und normalerweise lasse ich mich nicht unterbrechen, aber Schmitt durfte das. Er war auch der Einzige, der mich Alterchen nennen durfte. Außer mir selbst.

»Alterchen«, sagte er wieder. »Alterchen, vergiss sie. Auf Menschen ist kein Verlass, das weißt du doch.«

Ich nickte. Wie immer hatte er Recht.

»Sie ist längst weiter und hat einen anderen Dummkopf gefunden, der sie durchfüttert. Ich kenne solche Kanaillen. Es ist besser, wir bleiben allein.« Schmitt gähnte. »Und jetzt lass mich in Ruhe. Ich muss schlafen.«

Ich sah auf meine Füße. Das goldgestickte Familienwappen auf meinen Pantoffeln glänzte schon lange nicht mehr. An ein paar Stellen kamen lose Fäden hervor. Doch auch nach all den Jahren war es noch immer deutlich zu erkennen. Eigentlich hätte ich jetzt erleichtert sein müssen. Schmitt hatte genau das gesagt, worauf ich gehofft hatte. Und doch war ich unruhig. Trotz der Angst, die kalt und tief in meinen Knochen saß, trotz der Erinnerung an das weiße Gesicht im Brombeerbusch spürte ich, dass ich es mir diesmal nicht so leicht machen konnte. Ich musste sie suchen. Doch wie sollte ich das anstellen? Ich hatte meinen Bahnhof seit über zwanzig Jahren nicht verlassen!

6. Kapitel

Ich weiß nicht, ob ihr schon einmal Bahngleise entlanggegangen seid. Bestimmt nicht, denn die meisten Strecken sind in Betrieb und es ist daher todesknallgefährlich. Meine Bahngleise aber, die Schienen, die an meinem Bahnhof vorbeiführen, sind stillgelegt. Seit vierzig Jahren ist hier kein Zug mehr vorbeigekommen. Die Gleise riechen nach Teer und altem Holz. Wenn es warm ist, riechen sie stärker. Aber selbst in dieser kühlen Nacht nahm ich ihren Geruch wahr. Ich sog ihn tief ein und dachte an das, was ich zu tun hatte. Mir war gar nicht wohl dabei.

Langsam, Schritt für Schritt, ging ich zum Ende der Veranda. Ich leuchtete mit der Taschenlampe nach unten. Vier Stufen waren es. Vier bemooste Betonstufen, von der Veranda hinunter zu den Gleisen. Vier Stufen, die ich seit Jahrzehnten nicht mehr betreten hatte. Meine Beine zitterten, als ich vorsichtig die erste Stufe nahm. Mir wurde heiß in meinem Anzug. Ich nahm die zweite Stufe und konzentrierte mich auf meinen Atem. Dann die dritte, und dann Nummer vier. Plötzlich stand ich unten, im weichen Gras. Ich taumelte und musste mich am Rand der Veranda abstützen, damit ich nicht fiel. Uff.

Einen Moment lang stand ich nur da und atmete. Dunkel zeichnete sich mein Bahnhof vor dem Abendhimmel ab. Ich hatte ihn lange nicht mehr so von außen gesehen. Mein Bahnhof ist der schönste alte Bahnhof, den ihr euch vorstellen könnt. Doch jetzt wirkte er beinahe bedrohlich. Schwarz ragte das Hauptgebäude vor mir auf und der Anbau schmiegte sich daran, als habe er Angst vor der Nacht. Seine beiden Fenster wirkten wie aufgerissene Augen. Und davor lag die Laderampe. Früher wurden von hier die Korn- und Kiessäcke auf die Waggons geladen; jetzt stand hier mein Schaukelstuhl, und Schmitt lag auf seinem Teppich daneben. In der Dunkelheit sah mein alter Freund aus wie eine unförmige dunkle Masse.

Ich musste mich langsam entscheiden. In welche Richtung war sie wohl gegangen? Nach rechts oder nach links?

»Woher soll ich das wissen«, grummelte Schmitt.

»Schmitt. Du bist ein Hund. Hunde haben doch ein Gespür. Kannst du nicht wittern? Wittere doch mal!«

Schmitt schnaubte ärgerlich. Wahrscheinlich hatte er gerade einen schönen Traum gehabt. Außerdem wurde er nicht gern ein Hund genannt. »Muss das sein?«

Doch er hob unmerklich die Nase. Na ja, eigentlich bewegte er sich nicht, aber er musste geschnuppert und Witterung aufgenommen haben, denn er sagte: »Links.«

Nach links also. Ich atmete tief durch. Doch bevor ich mich auf den Weg machte, sah ich meinen alten Freund noch einmal an. Mein Herz zog sich ein bisschen zusammen. Konnte ich ihn allein lassen? Es wurde langsam wirklich kalt. Zeit, ihn hineinzubringen. *Später,* sagte ich mir, *wenn ich zurück bin.*

Aber bevor ich zurück sein konnte, musste ich erst einmal losgehen. Ich hätte viel lieber bis Tagesanbruch gewartet, aber dann würde ich sie niemals mehr einholen. Ich machte ein paar vorsichtige Schritte und dann war ich auf den Gleisen. Zaghaft tappte ich von Bohle zu Bohle.

Zuerst ging mein Atem vor Aufregung noch unregelmäßig, mein Herz pochte schnell und ich sah mich immer wieder um, doch bald wurden meine Schritte sicherer und schneller.

Zuerst kam ich an der verlassenen Silo-Anlage vorbei. Die rostigen Behältnisse ragten wie mahnende Riesenfinger in den Himmel. In der Dunkelheit sahen sie unheimlich aus. Bewegungslose Giganten, die von einer vergangenen Zeit erzählten. Von der Zeit, als mein Bahnhof noch in Betrieb war und dort tonnenweise Güter verladen wurden.

Dann tauchten hinter den Bäumen die Spitzen der Hausdächer auf. Da der Ort klein ist – so klein, dass sogar seine Bahnstrecke stillgelegt worden war und man nur sieben Minuten brauchte, um hindurchzuspazieren –, war er bald zu Ende. Ich schritt und schritt von Bohle zu Bohle. Bald fühlte es sich so an, als hätte ich nie etwas anderes getan, als des Nachts die Bahngleise entlangzugehen. Ich schritt und schritt. Bis ich schließlich flog.

Bahngleise entlanggehen, müsst ihr wissen, ist etwas ganz Besonderes. Die Holzbohlen, auf denen die Schienen mit daumendicken Schrauben befestigt sind, haben einen recht geringen Abstand. Damit man nicht trippeln muss, überspringt man immer eine Bohle und schreitet weit aus und wenn man so schreitet und schreitet, merkt man nach einer Zeit, dass man in einen Rhythmus fällt. Der Rhythmus geht in den Körper über und schließlich bewegt man sich wie von selbst. Es ist, als würde man fliegen. Es ist ein wunderbares Gefühl und dieses Gefühl hatte ich vollkommen vergessen. Weil ich immer in meinem Bahnhof geblieben war. Schließlich musste ich meinen Zeitplan einhalten.

Der Zeitplan. Ich stolperte. Ich fiel hart, schrammte mein Knie auf, rollte hintenüber wie ein betrunkener Käfer und landete unsanft mit dem Hinterteil auf einem besonders spitzen Stein. Die Taschenlampe war sofort kaputt. Mein Kopf verfehlte gerade so das kalte Metall einer Bahnschiene, doch ich stieß mit der Schläfe gegen mein eigenes Knie, keine Ahnung, wie das dorthin gekommen war, und mir wurde schwarz vor Augen. Das Letzte, was ich dachte, bevor ich in Ohnmacht fiel, war, dass ich mich hier draußen vollends verkühlen würde. Und irgendwann würden die Bewohner des kleinen Ortes an der stillgelegten Bahnstrecke ein Häuflein Knochen finden. Ein Häuflein Knochen und eine kaputte Taschenlampe.

ALS ICH WIEDER zu mir kam, war es noch dunkel. Mein gesamter Körper schmerzte. Ich blinzelte. Eine verschwommene Gestalt beugte sich über mich, das Gesicht ein Fleck. Ein schmaler heller Fleck im Dunkel der Nacht. Ich strengte mich an, meine Augen aufzubekommen. Jetzt sah ich Haare. Dunkle, struppige Haare, die den hellen Fleck umstanden wie ein Nest. Diese Haare kamen mir bekannt vor, doch ich war müde, so müde, und fiel wieder tief in mich hinein.

Als ich das nächste Mal zu mir kam, ruckelte mich jemand an der Schulter.

»Wach auf!«, sagte jemand. »Graf! Aufwachen! Komm schon!«

Graf? Nach und nach verzogen sich die grauen Wolken in meinem Kopf, langsam puzzelten sich die Teile meines Lebens wieder zusammen. Wer ich war. Wo ich war. Warum ich hier war. Was passiert war.

Ich stöhnte. Für einen kurzen Moment hatte ich gehofft, ich würde in meinem Bett liegen und hätte bloß schlecht geträumt. Mein Kopf tat weh und mein Hinterteil ebenfalls. Ein besonders spitzer Stein bohrte sich geradewegs in meine Pobacke hinein. Ich bewegte mich vorsichtig. Jemand packte mich am Arm, und das nicht gerade sanft.

»Autsch!«

»Stell dich nicht so an. Was machst du überhaupt hier?« Die Stimme kam mir bekannt vor.

Ich schwankte und mir war schwummrig, doch mit Hilfe des harten Griffs an meinem Arm saß ich schließlich.

»Mann, bist du schwer. Siehst gar nicht so aus.«

Es war Eli. Das freche, schmutzige Mädchen. Jetzt erkannte ich ihre Stimme und langsam klärte sich auch mein Blick. Ich hätte nie geglaubt, dass ich über den Anblick dieses Mädchens einmal froh sein würde.

»Eli!«, rief ich freudig aus.

»Jetzt tu nicht so«, sagte sie grimmig. »Du willst ja nur, dass ich dir helfe.«

»Aber … das hast du doch schon getan?«

»Sieht ganz so aus«, sagte sie und spuckte aufs Gleis. Dann hockte sie sich neben mich und starrte in die Dunkelheit.

Ich sah mich um. Ich musste weit gegangen sein, diese Gegend kam mir überhaupt nicht bekannt vor. Rechts und links von den Schienen wucherte dichtes Gebüsch. Direkt vor uns ragte ein Gestell aus dem Gleis empor, als sei es dort herausgewachsen. Es war groß, aus schwarz angestrichenem Holz und Metall. Ein Prellbock.

Ich war am Ende der Gleise gelandet. Aber ich war nicht allein. Eli war hier. Das freche, schmutzige Mädchen war tatsächlich hier.

»Tut mir leid«, sagte ich.

Sie schwieg.

»Ehrlich«, ich versuchte aufzustehen, doch mein Knie gab nach und ich purzelte wieder aufs Gleis.

»Pass doch auf«, sofort war sie neben mir und hielt mich fest. Sie murrte und knurrte und zerrte an mir herum und schließlich hatten wir es geschafft. Ich stand.

»Wenn ich jetzt weggehe, fällst du wieder hin«, sagte sie.

»Ich weiß.«

»Ich bring dich nach Hause.«

Sie stützte mich und gemeinsam machten wir uns auf den Rückweg. Wackelig und langsam kamen wir voran, denn meine Beine waren unsicher von dem Sturz. Ich war traurig darüber, nicht mit Eli fliegen zu können, und erzählte ihr davon. Sie lachte.

»Mann«, sagte sie. »Was denkst du, wie ich hierhergekommen bin!«

Nach einer Weile fiel mir das Gehen leichter. Es waren wohl die magischen Kräfte der Gleise, jedenfalls konnte ich fast ohne Hilfe von einer Bohle zur nächsten tappen und Eli schimpfte erleichtert: »Na endlich, lange hätte ich das nicht mehr ausgehalten, du wiegst ja so viel wie ein Nashorn!«

Aber sie klang nicht mehr ganz so borstig wie zuvor und ein paar Mal hatte ich das Gefühl, als würde sie mir einen besorgten Seitenblick zuwerfen. Ich fühlte mich jetzt beinahe gut. Ich hatte das Mädchen gefunden, oder sie mich, besser gesagt, und ihr war nichts passiert. Es war sogar ganz schön, gemeinsam durch die Nacht zu spazieren. Nun ja, von spazieren kann eigentlich nicht die Rede sein, wir kamen nur schrittweise voran. Aber es war weniger einsam als auf dem Hinweg.

Der Himmel war nun auch viel besser zu sehen. Zuvor hatte ich nur auf die Gleise geschaut, in den hellen Lichtkegel meiner Taschenlampe, aber nun beobachteten wir, wie die Nacht dem Morgen wich. Die Sterne, die uns den Weg geleuchtet hatten, verblassten. Bis auf einen, der mit dem aufziehenden Morgen erst so richtig zu leuchten schien.

»Kennst du den da?«, fragte ich Eli.

Sie schüttelte den Kopf. »Nee.«

»Das ist der Abendstern.«

»Aber es ist bald Morgen.«

»Stimmt. Er heißt jetzt auch Morgenstern. Manchmal sieht man ihn abends und manchmal am Morgen. Er ändert seinen Namen, weißt du …«, und dann erzählte ich ihr von damals, als ich ungefähr in ihrem Alter gewesen war.

Seitdem ich denken konnte, war der Abendstern mein Freund gewesen. Schon als Junge hatte ich ihn immer vom Fenster des Schlafsaals aus betrachtet. Er hatte mich daran erinnert, dass es noch ein anderes Leben geben musste als das in der Anstalt. Dass es hellere Tage geben musste. Er hatte immer geleuchtet, egal, wie dunkel es mir auch zu Mute gewesen war. Später, im Bahnhof, hatten Schmitt und ich den Abendstern dann gemeinsam betrachtet. Von der Veranda aus. Ja, und irgendwann mussten wir wohl damit aufgehört haben. Ich erinnerte mich gar nicht daran, wann ich ihn zuletzt wahrgenommen hatte.

Eli hörte aufmerksam zu und dirigierte mich dabei von Bohle zu Bohle. Als ich zu Ende erzählt hatte, war mein Mund trocken. So viel hatte ich schon lange nicht mehr geredet. Wir schwiegen eine Weile. Ich wurde müde und das Gehen fiel mir immer schwerer. Mein Rücken und mein Po schmerzten. Endlich sagte Eli: »Wir sind da.«

Tatsächlich. Wir waren am Bahnhof angekommen. Das Moos, das zwischen den Backsteinen wuchs, glitzerte im Morgenlicht. Der Bahnhof sah viel freundlicher aus als am Vorabend. Die weißen Farbreste an den Fensterrahmen leuchteten und das Rot der Backsteine sah fröhlich und einladend aus. Eli half mir, die vier Stufen zur Veranda hinaufzusteigen, und bugsierte mich in die Küche. Ich war zittrig und erschöpft und unendlich erleichtert. So erleichtert, dass ich auf der Stelle einschlief. Ich ließ mich auf das Sofa fallen und Eli musste wohl die Wolldecke über mich gebreitet haben, denn als ich ein paar Stunden später erwachte, war ich warm eingemummelt, und Schmitt konnte das wohl kaum gewesen sein.

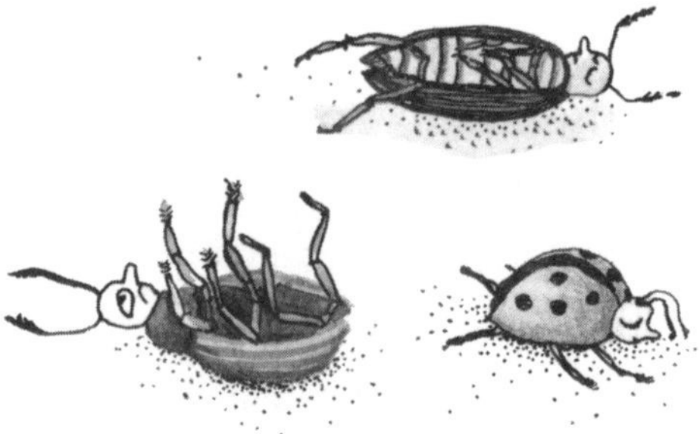

7. Kapitel

Ich erwachte am Nachmittag. Mein Schädel brummte und mein Knie tat weh. Doch bevor ich mir überhaupt Gedanken über die Uhrzeit oder meine Blessuren machen konnte, war Eli schon mit einem Frühstückstablett da.

Sie hatte Tee gemacht und Bohnen gab es auch, dazu Schiffszwieback, eingelegte Gürkchen, Zuckerstücke und Kondensmilch. Es war absolut außer Kontrolle, dieses Essen, aber das war mir egal. Ich war einfach froh, zu Hause zu sein, und ich hatte keine Ahnung, dass es nur einen Tag dauern würde, bis eine weitere, viel katastrophalere Katastrophe über mich hereinbrechen würde.

Als ich fertig war, sagte Eli: »Guten Morgen, Alterchen!«

Ich verschluckte mich fast an meinem Tee. »Hast du mit Schmitt gesprochen?«

Woher sonst sollte sie meinen Spitznamen kennen? Doch soweit ich wusste, sprach Schmitt mit niemandem außer mir …

»Wer ist Schmitt?«, fragte Eli.

Ich weiß nicht, warum ich so vertrauensselig war. Vielleicht war es die Wärme des bollernden Ofens, die mich die Kälte in meinen Knochen beinahe vergessen ließ, die Erleichterung über meine unerwartete Rettung oder unser kleines Gespräch über den Abendstern. Ich lehnte mich jedenfalls zurück und erzählte ihr alles. Von Istanbul, meinem Schiffsleben und dem Gesang der Muezzins. Ich versuchte sogar, den Gesang nachzumachen, aber es klang nicht richtig und ich ließ es lieber bleiben. Ich erzählte ihr, wie Schmitt und ich gemeinsam auf Wanderschaft gewesen waren und was wir alles zusammen erlebt hatten, bis wir endlich den Bahnhof fanden. Ich hatte lange nicht mehr an all das gedacht und bekam augenblicklich gute Laune.

Eli sah mich zweifelnd an. »Schmitt also«, sagte sie. »Und er ist draußen.«

»Als wir einzogen, hat er erst drinnen gewohnt«, erklärte ich. »Er hat ein eigenes Zimmer im ersten Stock. Das Hundezimmer. Doch dann hat er in einem meiner Bücher etwas über den *freien Willen* gelesen und sich von da an geweigert, im Haus zu wohnen. Er sei schließlich kein *Haustier*, hat er gesagt und dann ist er auf die Veranda gezogen.

Ich habe angeboten, ihm eine Hütte zu bauen, aber das sei *unter seiner tierischen Würde*, meinte er. Aber seitdem er, nun ja, seitdem er alt ist, wird es draußen irgendwann zu kalt für ihn.

Wenn der Sommer vorbei ist, hole ich ihn immer in die Küche. Es ist ein … Kompromiss.«

Eli hatte sich eine Haarsträhne geschnappt und nagte nachdenklich daran. »Will er denn in die Küche geholt werden?«

»Nun ja«, ich zögerte. »Die Nässe ist nicht gut für ihn. Für sein Fell.«

Eli nickte. »Weißt du, es ist heute wirklich ziemlich nass draußen. Und kalt auch. Ich glaube, der Sommer ist vorbei.«

Und damit hatte sie wohl Recht.

Es durchfuhr mich wie ein Blitz. »Wie spät ist es?«

Eli zuckte mit den Achseln. »Keine Ahnung. Warum?«

Ich sprang auf. »15:57, Himmel noch mal!«

Ich riss die Tür auf, sprang nach draußen und baute mich auf der Veranda auf. Doch vor Aufregung verwechselte ich Arme und Beine und mein Hampelmann wurde zu einem verunglückten, grotesken Irgendwas. Ein heller Schmerz aus meinem Knie durchzuckte mich, fast fiel ich hin. Eli stützte mich gerade noch rechtzeitig.

»Was ist denn los, Graf?«

»Gymnastik!«, rief ich nun völlig verzweifelt. »15:45!«

»Aber es ist schon kurz vor vier …«

»Eben!«

Ich versuchte es noch einmal, doch es war zu viel. Ich drehte mich einmal um mich selbst und landete auf dem Hosenboden. Eli lachte. Sie lachte mich aus. Sie erkannte den Ernst der Lage nicht, sie glaubte wohl, dass das Ganze lustig war. Das *ich* lustig war.

»Das ist nicht lustig!«, sagte ich. Es klang richtig giftig.

Eli sah mich perplex an. »Alles *o-keh*?«

»Nein!!!«

Ich versuchte, es ihr zu erklären, aber die Worte kamen viel zu verworren aus mir heraus, denn ich wollte gleichzeitig keine Zeit verlieren und wieder in den Plan einsteigen. Eli sah mich nur verständnislos an und schließlich gab ich auf. Durch das Fenster sah ich auf die Uhr über der Spüle. Es war Punkt vier.

»Freizeit«, sagte ich. »Bis 17:00«, dann sackte ich in mich zusammen.

Ich hatte keine Ahnung, warum ich das gesagt hatte. *Nachdenken und Sinnieren im Schaukelstuhl* stand jetzt auf dem Programm. Doch mit Eli an meiner Seite würde ich mich sowieso nicht auf meine Gedanken konzentrieren können, und hatten normale Menschen nicht so etwas wie Freizeit? Ich hatte keinerlei Erfahrung damit, aber man konnte es ja mal versuchen. Eine Stunde würden wir das tun, was wir eben tun würden. Mir war ein bisschen schlecht bei dem Gedanken daran, schon wieder meine Nachdenkzeit zu verpassen, aber es war, wie ich es vorausgesagt hatte, als ich das Mädchen zum ersten Mal gesehen hatte: Mit ihr war es unmöglich, den Zeitplan einzuhalten.

ELI SAH NEUGIERIG auf Schmitt hinunter. Wie immer lag er auf seinem Teppich und rührte sich nicht.

»Schmitt, darf ich vorstellen, das ist Eli.«

»Schläft er?«

»Nein. Ich glaube, er ist wach. Er sagt etwas. Warte mal«, ich beugte mich zu ihm hinunter und hielt mein Ohr dicht an seine Schnauze, »ja. Er sagt, dass du willkommen bist.«

Eli sah mich skeptisch an und nagte an ihrer Haarsträhne.

»Er sagt auch, dass das Nagen an Fell, äh, an Haaren ungesund ist.«

»Tatsächlich. Sagt er das«, Eli sah zwar aus, als würde sie sich über mich lustig machen. Doch die Haarsträhne spuckte sie aus. Sie bückte sich, griff sich eine Seite des Teppichs und sah mich auffordernd an. »Na, dann. Oder?«

Wir ächzten fürchterlich unter der Last meines alten Freundes. Wie hatte ich das bloß immer alleine geschafft? Wahrscheinlich war er doch feucht geworden. Ich erinnerte mich gar nicht daran, dass er so schwer war. Aber natürlich war ich etwas geschwächt von meinem nächtlichen Ausflug und vermutlich auch voller Beulen und blauer Flecken. Wir kamen nur zentimeterweise voran. Ich musste mehrmals innehalten und mich aufrichten, denn in meinem Kopf begann es wieder zu pochen. Am Ende schafften wir es dann doch. Schmitt und sein Teppich kamen sicher in ihrem Winterquartier an: vor dem Ofen in der Küche.

»Ja, hier hat er es schön warm«, sagte Eli und sah mich wieder so merkwürdig an.

Dann zeigte ich Eli den Bahnhof. Doch als ich so mit ihr durch das erste Stockwerk des Hauptgebäudes spazierte, passierte etwas Eigenartiges. Ein Zimmer nach dem anderen schloss ich auf und erlaubte Eli, sich darin umzusehen. Zu Anfang unserer kleinen Expedition war ich stolz, doch mit jedem Zimmer, das wir betraten, wurde ich niedergeschlagener. Ich sah meinen alten Bahnhof plötzlich mit anderen Augen. Mit Elis Augen, oder vielmehr solchen, die ich für Elis Augen hielt. Und was diese Augen sahen, gefiel mir gar nicht.

Als ich vor vierzig Jahren eingezogen war und meine elf Zimmer eingerichtet hatte, waren sie perfekt gewesen. Es waren die wunderbarsten elf Zimmer gewesen, die ich jemals zuvor gesehen hatte. Und dann hatte ich sie viele Jahre lang einfach benutzt.

Doch das, was ich Eli jetzt zeigte, machte mich irgendwie … traurig. Ich sah den dichten Staub, die verblichenen Farben der Tapeten und die Spinnweben im Kaminzimmer, die abgetretenen Stellen im Teppich. Ich sah die halb leeren Regale im Bücherzimmer und die fast schmutzblinden Fenster im Hundezimmer. Ich sah tote Insekten in allen Ecken und ich roch das Alter des Hauses. Oder war es mein eigenes? Ich schnupperte vorsichtig. Na ja, ich lebte immerhin schon vierzig Jahre hier. Und ich konnte mich nicht erinnern, wann ich das letzte Mal so richtig sauber gemacht hatte.

Eli roch an dem Glas, das ich am Vorabend auf der Anrichte im Cognaczimmer vergessen hatte. War es erst gestern gewesen, dass ich hier gesessen und mich daran erinnert hatte, wie man sich als Ausreißer fühlt? Es kam mir vor, als wären Wochen seitdem vergangen.

»Flemy Gratin, Diamant Edition. 1928«, sagte Eli und sah mich anerkennend an.

Mir fiel wieder auf, dass ich gar nichts über sie wusste.

Das Hundezimmer interessierte Eli sehr. Sie wollte unbedingt sehen, wie Schmitt es sich eingerichtet hatte. Oder besser gesagt: hatte einrichten lassen. Denn auch wenn es Schmitt gewesen war, der mir die Anweisungen gegeben hatte, hatte doch ich die Möbel geschleppt und die Dinge an ihren Platz gestellt. Schmitt hatte genaue Vorstellungen von seinem Zimmer gehabt. Einen türkischen Teppich wollte er haben und so ein Glasauge, ein Talisman aus seiner Heimat, sollte über der Tür hängen.

»Ach ja stimmt, Schmitt ist ja Türke«, sagte Eli nachdenklich.

Ich nickte. Aber hatten Hunde überhaupt eine Staatsbürgerschaft? Schmitt war inzwischen schon so lange hier, vermutlich war er mit der Zeit einfach Bahnhofsbewohner geworden, so wie ich. Aber im Grunde war es mir vollkommen egal.

»Er ist mein Freund«, sagte ich.

Eli sah mich wieder so merkwürdig an, deshalb zeigte ich ihr den niedrigen Tisch, den ich für meinen Freund gezimmert hatte. Er war gerade so hoch, dass Schmitt im Liegen davon speisen konnte.

Danach zeigte ich ihr mein Speisezimmer. Eli beäugte es von der Türschwelle aus. Es war bisher immer mein Prunkstück gewesen, das einzige der elf Zimmer, das wirklich gräflich war. Zumindest hatte ich das immer geglaubt. Wenn ihr mich vor Elis Bahnhofsbesichtigung danach gefragt hättet, hätte ich euch von Möbeln aus Mahagoni erzählt, die glänzten wie dunkler Honig. Von weiß gestärkten Servietten und silbernen Kerzenleuchtern. Doch nun sah ich, dass die Möbel matt waren, die Servietten grau und in den Ecken lag Mäusekacke.

Die Schlafzimmertür ließ ich geschlossen, ich schlief ja in meinem Feldbett im Arbeitszimmer und es interessierte Eli auch nicht besonders.

Das Badezimmer hingegen begeisterte sie. Ich selbst sah nur den dunklen Schmutzrand in der Badewanne und wie lange sie nicht benutzt worden war. Eine tote Spinne lag darin, ihre dünnen, zusammengekrümmten Beinchen in der Luft erstarrt.

Doch Eli bestaunte die Schwanenfüße, auf denen die Wanne stand, roch an meinem Rasierpinsel aus Dachshaar und ließ sich die Prozedur der Rasur ganz genau erklären.

»Und du musst das jeden Morgen machen? Die Haare wachsen dir einfach ständig aus dem Gesicht raus?«, Eli schien verblüfft und irgendwie entsetzt.

»Hm, ja. Schon«, ich strich über mein kratziges Kinn.

Ich hatte mich jetzt schon zwei Tage nicht rasiert! Wahrscheinlich sah ich inzwischen aus wie ein Wildschwein. Ich vermied es sorgsam, in den Spiegel zu sehen, und beschloss, es bei der nächsten Gelegenheit nachzuholen.

Etwas verdutzt schien Eli auch beim Anblick meines Ankleidezimmers. Sie blieb in der Tür stehen. »Was ist das?«

Ein alter Spiegel, ein wackliger Kleiderständer, ein hoher, schmaler Schrank waren im Zimmer. Mehr nicht.

»Das Ankleidezimmer natürlich.«

Eli musterte mich. »Wozu das denn? Trägst du nicht immer dasselbe?«

Ich war empört. »Nicht immer. Meistens. Zweimal im Jahr wechsle ich den Anzug. Im Winter Schurwolle, im Sommer etwas Leichteres. Dazu brauche ich das Zimmer.«

Eli sah mich zweifelnd an. »Und du ziehst dich immer nur hier um?«

»Warum sollte ich nicht?«

»Zweimal im Jahr?«

»So ist es.«

»Du trägst deinen Anzug also auch nachts?«

Ich sah an mir herunter. Ich wusste nicht, worauf Eli hinauswollte. Er sah doch gut aus, mein Anzug, wenn auch etwas abgewetzt an den Knien und Ellenbogen, aber ich trug ihn auch schon seit sieben Jahren. Dafür war er noch gut in Form. Gut, ein paar kleine Flecken und Löcher hier und da, einer der Knöpfe vorne fehlte, aber das war doch nichts, was man nicht mit ein bisschen Seife und ein paar Nadelstichen in Ordnung bringen konnte. Trotzdem, auf einmal fühlte ich mich schäbig. Als müsse ich mich vor Eli verteidigen. »Das ist sehr praktisch. Außerdem kaufe ich mir alle zehn Jahre einen neuen.«

»So viel zum Thema Grundreinigung«, Eli schnaubte fröhlich.

Dann ließ sie endlich von dem Thema ab. Die letzten Zimmer, die ich ihr zeigte, waren die beiden Gästezimmer. Sie waren etwas weniger heruntergekommen als die Zimmer, die ich benutzte. Weniger vergilbt, weniger abgeschabt. Sogar der Staub hatte sich zurückgehalten. Doch schön waren sie nicht. Was hatte ich mir bloß bei den wild gemusterten Bettüberwürfen gedacht? Und bei den blumenförmigen Lampen auf den Nachttischen? Eli schien sich das auch zu fragen, denn sie sah mich pikiert an. »Und das da?«

»Öhm, Gästezimmer. Such dir eins aus, wenn du willst.«

Eli sah jetzt vollkommen entsetzt aus. »Nein, danke.«

Sie wich zurück in Richtung Treppe. Natürlich. Sie hatte ja gesehen, in was für einem Zustand mein Bahnhof und ich waren. Sie würde weiterziehen und sich eine bessere Bleibe suchen. Eine, die nicht schon halb auseinanderfiel. Eine, in der es nicht tote Krabbeltiere und Staub und marode Möbel gab, und einen *komischen Kauz* in einem betagten Anzug. Und überhaupt, sie kannte mich ja eigentlich gar nicht. Ich konnte es ihr nicht verübeln, wenn sie lieber ging. Sie kam an der Tür vorbei, an der ich sie bei unserem Rundgang schnell vorbeigelotst hatte, und für einen Moment hielt ich die Luft an, doch sie ging einfach daran vorbei. Sie rutschte das Treppengeländer in die Küche hinunter und als ich sie dort eingeholt hatte, zeigte sie auf mein Sofa und sagte: »Hier. Hier will ich wohnen. Und dein Bahnhof ist der schönste Bahnhof, den ich in meinem Leben je gesehen habe, dass du es nur weißt.«

8. Kapitel

Wir hatten es schön an diesem Tag. Nachdem ich mir einigermaßen erfolgreich eingeredet hatte, dass unsere Bahnhofsbesichtigung die Kontrollrunde, die für 18:00 auf dem Zeitplan stand, ausnahmsweise ersetzen konnte, saßen wir den ganzen Abend bei Schmitt in der Küche. Eli hatte beschlossen, dass sie der gemütlichste Raum im ganzen Bahnhof war, mit dem alten Sofa unter dem Fenster und dem Küchentisch davor, mit der Schale voller Zuckerstückchen auf dem Tisch und dem alten Bollerofen, vor dem nun Schmitts Teppich lag. Mit Schmitt obendrauf. Sein Fell war getrocknet und glänzte wie frische Kastanien. Eli betrachtete ihn versunken und kaute dabei wieder an einer Haarsträhne. Ich betrachtete die Flammen, die hinter der offenen Luke des Ofens züngelten.

»Graf?«

»Hmmm?«

»Warum guckst du eigentlich die ganze Zeit bloß ins Feuer und sagst nichts?«

»So steht es in meinem Zeitplan.«

»Ah.« Eli schwieg.

»Und warum heißt er Schmitt?«, fragte sie nach einer Weile.

»Warum nicht?«

»Na, ich glaub eigentlich nicht, dass es in Istanbul wen gibt, der Schmitt heißt.«

Darüber hatte ich nie nachgedacht. Er war immer einfach Schmitt gewesen. Aber wer weiß, vielleicht hatte er ja noch einen anderen Namen.

»Frag ihn doch«, schlug ich vor.

Eli sah erst mich und dann Schmitt misstrauisch an. »Meinst du?«

»Klar. Schmitt weiß alles.«

»Weiß er auch, was der Sinn des Lebens ist?«

»Mal sehen«, ich riss mich widerstrebend vom Anblick der Flammen los und beugte mich zu meinem Freund hinunter. »Er sagt … Warte mal. Oje. Hm. Ich glaube, er ist gerade wieder eingeschlafen. Ist wohl die ungewohnte Wärme.«

Eli lachte. »Aber im Ernst. Glaubst du, er spricht mit mir?«, sie sah mich zweifelnd an.

Tja. Würde mein alter Freund mit jemand anderem sprechen? Ich hatte keine Ahnung. Aber wenn es überhaupt jemanden gab, dem er sich anvertrauen würde, dann war das wohl Eli. »Versuch es einfach.«

Eli hockte sich neben Schmitt. Auf einmal wirkte sie schüchtern.

»Äh, also«, begann sie zögerlich. »Wie heißt du eigentlich, Schmitt?«

Sie wartete eine ganze Weile. Zuerst war ihr Blick skeptisch, dann sah sie plötzlich sehr konzentriert aus und am Ende beugte sie sich so dicht zu ihm, dass ihr Ohr direkt vor seiner Schnauze war. Eine Weile blieb sie so hocken, dann richtete sie sich wieder auf. Sie sah vollkommen überrumpelt aus. Und dann, in einem Tonfall, als könne sie es selbst nicht ganz glauben, sagte sie: »Er heißt Mustafa. Aber jetzt will er weiterschlafen. Er sagt, er ist müde vom Umzug.«

Und dann wiederholte sie den Namen, leise sagte sie ihn ein paarmal vor sich hin. »Mustafa, Mustafa …«

ES WAR SO angenehm mit Eli, dass ich schon wieder vergaß, auf die Uhr zu sehen, und wir den Schlummertrunk um 21:00 verpassten.

»Was ist das eigentlich für ein Zeitplan, von dem du geredet hast?«, fragte sie. »Der dich immer so kribbelig macht.«

Ich holte den zerknitterten Zettel aus meiner Anzugtasche hervor, den ich mehr als zwanzig Jahre lang mit mir herumgetragen hatte. Eli studierte ihn lange.

»16:00 Uhr, Nachdenken und Sinnieren im Schaukelstuhl«, las Eli vor und runzelte die Stirn. »Du hast eine feste Uhrzeit für deine Gedanken? Wozu das denn? Und was ist *Sinnieren*?

»So was Ähnliches wie Nachdenken. Na ja, weißt du … Gedanken sind toll. Mit Gedanken kann man viel Spaß haben. Ich verbringe viel Zeit mit ihnen.«

Ich versuchte, ihr die Sache zu erklären, aber sie verstand es einfach nicht. Sie konnte nicht begreifen, warum man sich um jeden Preis an Regeln halten musste, die man selbst aufgestellt hatte. Und dass schlimme Dinge passieren konnten, wenn man etwas vergaß.

»Das ist doch total bescheuert!«, sagte sie. »Und ungesund. Wie bist du überhaupt auf so was gekommen?«

»Wieso, der Zeitplan ist doch formidabel«, sagte ich. »Warte nur ab, bis du in meinem Alter bist. Dann machst du dir auch so einen. In so einem Leben sammelt man jede Menge Gewohnheiten.«

»Ich glaube, du hast ein bisschen zu viele gesammelt. In deinem Leben ist ja kaum noch Platz für etwas anderes.«

»Für dich ist Platz.«

Ich hatte nicht darüber nachgedacht, es war einfach so aus mir herausgekommen. Eli lächelte. Es war ein winziges Lächeln. Das erste, das ich seit ihrer Ankunft in meinem Bahnhof gesehen hatte.

Dann sagte sie schnell: »Aber heute hast du den Zeitplan nicht eingehalten. Und es ist nichts Schreckliches passiert.«

Ich nickte unsicher. Sie hatte Recht. Es war nichts Schreckliches passiert. Noch nicht.

ZU EINEM furchtbar verspäteten Abendimbiss aßen wir Essiggürkchen und Bohnen mit Schiffszwieback. Elis Hände sahen schauderhaft aus. Schmutzig war gar kein Ausdruck. Seitdem ich sie zum ersten Mal gesehen hatte, hatte sie sie nicht ein Mal gewaschen. Und hier saß sie nun und griff mit den Fingern nach diesem und jenem, stopfte alles in sich hinein und schmatzte genüsslich. Ab und zu sagte sie mit vollem Mund etwas wie: »Bu hafft ef efft fön hier, muff iff fagen«, oder: »Baff Effen ift efft fpipfe.«

Ich hielt es nicht mehr aus. »Eli. Wir müssen reden«, sagte ich.

Es klang viel strenger, als ich beabsichtigt hatte. Vor Schreck fiel ihr ein Stück Zwieback aus dem Mund.

»Übermorgen bringe ich dir Benimmse bei. Punkt zwölf im Speisezimmer.«

Eli sah mich entsetzt an. »Muff baff fein?«, fragte sie.

»Eff muff«, machte ich sie nach.

Eli grinste schief.

»Schließlich bin ich jetzt vielleicht so etwas wie dein Vormund.«

Schon wieder war so etwas aus mir herausgekommen, ohne dass ich darüber nachgedacht hätte. *Vormund.* Was zum Deibel … das bedeutete doch, dass ich für sie sorgen musste! Dass ich sie schützen musste, vor allem Schlechten! Ich! Ich konnte mir niemanden vorstellen, der weniger für so etwas geeignet war. Oder nein … doch … das konnte ich. Das konnte ich sehr gut. *Vormund* … Nun gut. Wenn das so war, dann würde ich eben damit beginnen, sie vor ihren eigenen schlechten Manieren zu schützen. Danach würden wir weitersehen.

»Dafür ist morgen etwas ganz Tolles«, sagte ich schnell, bevor Eli mich für meine Idee auslachen würde. »Mein Geburtstag nämlich. Und der wird gefeiert!«

Schon vor Wochen hatte ich mit den Vorbereitungen dafür begonnen. In der Speisekammer lagen zwei Pakete, geliefert vom berühmtesten Süßigkeitenhersteller der nächsten Stadt.

Elis Gesicht hatte sich auf einmal völlig verändert. Sie hatte dunkle Schatten unter den Augen und plötzlich wich sie meinem Blick aus, als wäre er ihr unangenehm. Sie hat wohl Angst vor dem Benimmse-Unterricht, dachte ich. Um sie aufzumuntern, zählte ich auf, was in den Süßigkeitenpaketen auf uns wartete. Von den Trillerpfeifen aus Zuckerguss bis hin zur himbeerprickelnden Brausepulverfüllung der Schokoladentaler beschrieb ich ihr alles, bis ins kleinste Detail. Anfangs versuchte sie ein paarmal mich zu unterbrechen, doch ich ließ sie nicht zu Wort kommen und bald gähnte sie immer öfter. Es war ja furchtbar spät. Schließlich schlief sie über meinen Erzählungen von Waldmeisterbonbons und Blaubeer-Karamell-Pralinen ein.

Ich betrachtete ihr kleines Gesicht, das zwischen ihre dunklen Haare gebettet dalag. Im Schlaf sah sie kummervoll aus, besorgt irgendwie. Wann sie wohl Geburtstag hatte? Und wo sie ihn feierte? Mein Geburtstag war ja lange überhaupt nicht gefeiert worden. Meine Eltern wollten nicht, dass ich für etwas gefeiert wurde, das nicht mein Verdienst war. »Du hast schließlich nicht das kleinste Fünkchen dazu beigetragen, geboren zu werden«, hatten sie stets gesagt. Aber als ich älter wurde und sah, wie die Leute ihre Geburtstage feierten, bestellte ich mir zu meinem neununddreißigsten die größtmögliche Menge der wunderbarsten Süßigkeiten, die ihr euch vorstellen könnt, und aß sie alle auf. So mache ich es seither jedes Jahr. Und diesen Geburtstag morgen, den wollte ich so richtig feiern. Mit Eli.

Doch dann kam alles ganz anders.

9. Kapitel

An meinem Geburtstag war ich lange vor Eli wach. Ich hörte den Vögeln bei ihrem Morgenkonzert zu und fühlte mich frei. Zum ersten Mal seit ich weiß nicht wie vielen Jahren. Ich stand auf, wanderte in meinem Arbeitszimmer umher und untersuchte die Bücherstapel, die ich so lange nicht angerührt hatte. Ich fand einige hochspannende Abenteuerromane und ein altes Telefonbuch, das ich unbedingt wieder einmal lesen wollte. Die Vorfreude kribbelte in meinem Bauch. Dann legte ich mich wieder hin und dachte darüber nach, was in den letzten Tagen passiert war. An die erste Begegnung mit Eli auf der Veranda und daran, wie sie mich am Ende der Gleise gerettet hatte. Und an den schönen Tag, den wir trotz des Debakels mit dem Zeitplan zusammen verbracht hatten. Als Eli über meinen Süßigkeitenerzählungen eingeschlafen war, hatte ich noch ein bisschen mit Schmitt geplaudert. Ihm schien es auf einmal doch nicht mehr so gut zu gefallen, dass wir jetzt zu dritt waren.

»Pass bloß auf, Alterchen«, hatte er gesagt. »Ich kenne solche Kanaillen. Das Mädchen nutzt dich bloß aus und auf einmal, ehe du dich's versiehst, ist sie auf und davon mit all deiner Habe und –«

»Gute Nacht«, unterbrach ich meinen alten Freund. »Ich glaube, es ist besser, du schläfst eine Runde.« Dann hatte ich in meinem Feldbett gelesen, bei Kerzenschein. Das hatte ich ewig nicht mehr getan. Kurz vor dem Einschlafen tauchte noch einmal das blasse Gesicht vor meinem inneren Auge auf und für einen Moment wurde mir kalt. Doch dann dachte ich an Eli und an die Süßigkeiten und meinen Geburtstag und ich mummelte mich tief in meine Decke und schlief ein.

Als ich an meinem Geburtstagsmorgen so dalag und sinnierte, war ich noch immer arglos und fröhlich. Dann bekam ich Hunger und trat auf die Veranda, und dort fand ich den Brief. Er lag mitten auf dem Beton. Ein weißes Kuvert, länglich und dünn. Eigentlich bekam ich nur Post, wenn ich etwas bestellte. Aber die Rechnung für die Süßigkeiten hatte ich längst beglichen. Geburtstagsgrüße? Ach, wer sollte mich schon grüßen. Ich machte den Umschlag auf. Der Brief sah offiziell aus, mit Wasserzeichen und allerlei Stempeln versehen. Ich las ihn und verstand kein Wort. Ich las ihn noch einmal. Insgesamt musste ich den Brief vier Mal lesen, bis ich begriff, was er bedeutete.

Und dann erst bemerkte ich den Namen, der dort stand. Ich konnte es nicht glauben und las ihn noch einmal. Und noch einmal. Und noch einmal. Und bei jedem Lesen war es, als bekäme ich einen Stromschlag. Bäng! Bäng! Bäng! Bäng!

Plötzlich sah ich die gefrorenen Felder hinter der Anstalt und ihre kalten Flure aus Stein. Ich sah den großen Speisesaal und den rostigen Riegel der Kontrollluke. Ich sah die Zahnlücke von Ewald dem Langen und das unerbittliche Gesicht von Direktor Quirin Madenbach. Und ich sah seine Tochter. Die schreckliche, die fürchterliche, die erbarmungslose Eleonore Madenbach. Und alles fiel mir wieder ein. Die Geschichte, die ich euch im zweiten Kapitel erzählt habe. Die Geschichte von Feder. Achtundsechzig Jahre hatte ich nicht daran gedacht. Ich hatte das alles tief unten in meinem Gedächtnis begraben und nicht vorgehabt, es dort jemals wieder herauszulassen. Doch jetzt war es hervorgekommen, hatte seinen Weg durch die Zeit gefunden. Hatte sie überdauert und krachte nun mit aller Wucht über mir zusammen. Und über allem schwebte Feder und sah mir direkt ins Herz. Feder mit seinem runden, weißen Gesicht und den schräg stehenden Augen. Und ich verstand, dass er es gewesen war, dessen Gesicht ich im Brombeerbusch gesehen hatte.

ELI MURMELTE im Schlaf und warf sich unruhig auf dem Sofa hin und her. Lange saß ich neben ihr, die Ellenbogen auf den Tisch gestützt und den Kopf in den Händen. Vor mir lag der Brief. Ich starrte ihn an, ohne ihn wirklich zu sehen. Immer neue Bilder kamen in meinen Kopf und setzten sich mit denen zusammen, die auf der Veranda aus den Tiefen meiner Erinnerung hervorgekommen waren. Schließlich gähnte Eli und rappelte sich auf. Sie fuhr sich mit den Fingern durch die Haare, blieb stecken und gab es auf. Dann gähnte sie noch mal lauthals. Als sie mich sah, zog sie eine Augenbraue hoch.

»Was ist mit dir?«

Ich gab ihr den Brief.

Sehr geehrter Herr v. Eberharthausen,

die Verwaltung unter Vorsitz des Ortsvorstandes hat beschlossen, den ehemaligen Personen- und Güterbahnhof, der sich auf dem Gelände des Grundstücks der Bahnhofstr. 1 befindet, abzureißen. An seiner Stelle wird eine hochmoderne Mülltrennungsanlage entstehen.

Wie Sie sich möglicherweise erinnern, haben Sie den Bahnhof illegal besetzt und halten sich dort ohne rechtlichen Anspruch auf. Bisher hat die Ortsverwaltung sie dort gewähren lassen und »sämtliche Augen zugedrückt«, wenn Sie es mich so formulieren lassen wollen.

Obwohl Sie über keinerlei Rechte an dem Objekt verfügen, räumen wir Ihnen freundlicherweise eine Frist von 14 Tagen ein, bevor wir mit dem Abriss beginnen.

Wir bitten Sie, das Bahnhofsgebäude in diesem Zeitraum zu verlassen. Auf verbleibende persönliche Hinterlassenschaften können wir beim Abriss leider keine Rücksicht nehmen.

Mit freundlichen Grüßen
Eleonore Madenbach
Ortsvorsteherin

PS: Als kleine Entschädigung bieten wir Ihnen an, Sie bei der Umsiedlung in ein geeignetes Altenheim zu unterstützen.

Eli las lange. Und dann schwieg sie lange. Die Schatten um ihre Augen waren noch dunkler als am Abend zuvor. Sie sah vollkommen niedergeschmettert aus und irgendwie auch zerknirscht.

»Was hast du vor?«, fragte sie leise.

»Nichts.«

Ich hatte eins und eins zusammengezählt. Mir war jetzt alles klar.

»Aber du musst irgendwas tun.«

»Was soll ich denn tun?«

Ich wollte nichts tun. Und selbst wenn ich es wollte, ich würde gar nichts tun können.

»Dich wehren«, sagte Eli. »Was sonst.«

»Ich habe mich nie wehren können, Eli«, sagte ich. »Und jetzt bin ich dafür zu alt.«

Das stimmte. Und mein Knie tat auch wieder weh.

»Du kannst dir das hier nicht wegnehmen lassen, ich kann dir helfen, ich –«

»Niemand kann mir helfen«, unterbrach ich sie.

»Schwachsinn!«, Eli klang jetzt wütend. »Gemeinsam können wir es, wir können eine Initiative starten und Aktionen und eine Demonstration, die Leute machen sicher mit, wenn sie erst mal sehen, wie schön es hier ist, wir machen Plakate und führen sie herum und dann –«

Eli war richtig aufgeregt. Ich unterbrach sie sanft: »Eli. Es ist vorbei.«

Für mich war es das tatsächlich. Wenn sie meinen Bahnhof abreißen und an seiner Stelle eine Mülltrennungsanlage bauen wollten, dann sollten sie das eben machen. Was konnte ich schon dagegen tun? Außerdem hatte ich es verdient. Das hatte ich jetzt verstanden. Feders Erscheinen im Brombeerbusch war ein Zeichen. Ich musste büßen. Für damals. Ich hatte ihm nicht geholfen und jetzt war ich dran. Oder mein Bahnhof. Es war dasselbe. Und es war *o-keh*, um es mit Elis Worten zu sagen.

»Willst du etwa in ein Heim?!«, zeterte Eli. Sie war jetzt vollkommen aufgelöst und weinte fast. Sie lief in der Küche hin und her, stolperte mehrmals über Schmitt, der zum Glück schlief und von alldem nichts mitbekam, und redete und redete. »Das ist nicht richtig! Es ist alles meine Schuld … Ich hätte, du musst, wir könnten …«

Ich nahm ihre Hand und hielt sie fest, bis sie endlich ruhig wurde und mich verzweifelt ansah.

»Eli«, sagte ich noch einmal. »Ich bin überhaupt nicht in der Lage dazu, Widerstand zu leisten. Das war ich noch nie. Ich bin ein feiger, alter Waschlappen, ein Würstchen, das sich in seinem ganzen Leben noch niemals gewehrt hat. Und wenn du mir nicht glaubst, werde ich es dir beweisen.«

10. Kapitel

Der Raum sah genauso aus wie immer. An allen Wänden standen Regale, sogar vor dem Fenster. Die Regale reichten bis unter die Decke, ich hatte sie damals extra zusammengezimmert. Sie waren zwar hier und da ein bisschen schief, aber hielten noch immer. Am Fenster fiel das Tageslicht durch die Lücken zwischen den unzähligen Kistchen und Schächtelchen, Dosen und Gläsern, die in den Regalen zu unordentlichen Stapeln aufgeschichtet waren. Dadurch sah es beinahe so aus wie in einer Kirche, wenn die Sonne durch die bunten Glasfenster fällt. Eli trat ehrfürchtig in die Mitte des Raumes. Zum ersten Mal, seitdem sie in meinem Bahnhof war, schien ihr nichts einzufallen, was sie sagen konnte.

Ich war lange nicht mehr in diesem Zimmer gewesen. An die zwanzig Jahre nicht. Ich hatte irgendwann aufgehört, es zu benutzen; ich war einfach an der Tür vorbeigegangen und bald war es so, als würde es das Zimmer dahinter gar nicht geben. Doch jetzt waren wir hier. Und in wenigen Augenblicken würde Eli sehen, was für ein Waschlappen ich war. Dann würde sie mich in Ruhe lassen und verstehen, dass es so das Beste war.

Ich trat zu einem der Regale und begann, darin herumzustöbern. Natürlich lag auch hier der Staub millimeterdick und zwischen den Dosen ruhten tote Insekten mit getrockneten Beinchen. Mein Bahnhof war ein wahres Mausoleum geworden. Es war gar nicht so leicht, das zu finden, wonach ich suchte. Eine nach der anderen nahm ich die Dosen und Schachteln aus dem Regal. Dosen aus Blech waren dabei, zerbeult und zerkratzt, andere glänzend wie neu. Alte Zigarrenschachteln aus Holz mit eingebrannten Inschriften. Plastikdosen gab es auch, orange und gelb mit durchsichtigen Deckeln. Gläser aus dunklem Glas mit Schraubdeckeln oder dicken Glaspfropfen. Ein paar Schachteln aus Pappe waren auch dabei, vergilbt und eingefallen. Endlich hielt ich eine kleine, ovale Dose in der Hand. Auf ihrem Deckel war ein Veilchen abgebildet. Eine verschnörkelte Schrift prangte darüber, doch was da stand, war völlig egal. Wichtig war allein, was sich in der Dose befand.

»Setz dich«, sagte ich.

Eli ließ sich gehorsam auf den Boden nieder. Ich setzte mich ächzend neben sie und legte die Dose vor uns hin.

»Das hier«, sagte ich, »ist der Beweis dafür, dass ich nichts tun kann.«

Ich nahm den Deckel ab. In der Dose lag ein Ding. Ein kleines, schwarzes Ding. Es war länglich, mit dem Abdruck von etwas, das wie ein paar große Zähne aussah. Ich legte den Deckel neben die Dose. Dann fing ich an:

Es war kurz nach meinem siebten Geburtstag und ich wohnte noch zu Hause. Da das Schloss meiner Eltern in der hintersten Ecke des Landes lag, war es für sie nicht einfach, geeignete Lehrer für mich zu finden. Am liebsten hätten sie es wohl gehabt, wenn mich ein Olympiasieger im Reiten, ein ehemaliger Physikprofessor in Mathematik und ein Konzertpianist von Weltruhm in Musik unterrichtet hätten. Doch nicht viele Leute hatten Lust, an so einem entlegenen Ort zu leben.

Also hatte ich unseren Stallmeister als Reitlehrer, meinen Vater in Schönschrift und Heeresgeschichte und als Klavierlehrer hatte ich Herrn Walter. Herr Walter hieß mit Vornamen und mit Nachnamen Walter und alles an ihm sah traurig aus. Der schwarze Anzug, den er immer trug, sein krummer Rücken, seine heruntergezogenen Mundwinkel, seine hängenden Wangen. Selbst seine Nase schien traurig nach unten zu zeigen. Vielleicht war er traurig darüber, dass es bei ihm nur für einen Namen gereicht hatte, wo alle anderen mindestens zwei hatten. Oder darüber, dass er neben mir sitzen und mit mir Tonleitern üben musste, obwohl er bestimmt lieber in einem weltberühmten Konzerthaus am Flügel gesessen hätte, wo ihm feine Damen in Abendkleidern Rosen auf die Schuhe warfen.

Wenn ich ihn so von der Seite betrachtete, während er mir noch einmal den Unterschied zwischen Dur und Moll erklärte, dachte ich, dass Herr Walter dringend etwas Applaus nötig hatte. Am Ende unserer Stunden spielte Herr Walter mir immer ein Stück aus irgendeinem berühmten Klavierkonzert vor. Leider hatte ich dann keine Kraft mehr für Applaus. Am Ende der Stunde war ich immer halb ohnmächtig. Herr Walter war nämlich nicht nur traurig und ein gescheiterter Starpianist – er hatte auch einen fürchterlichen Mundgeruch.

Der Mundgeruch von Herrn Walter Walter füllte am Ende der Stunde das ganze Zimmer aus und schien den Sauerstoffgehalt in der Luft auf eigenartige Weise zu minimieren, so dass mir nichts mehr zum Atmen blieb.

Ich war kein guter Klavierschüler. Mir fiel es schwer, Noten zu lesen, und ich hatte einfach kein Gefühl für die Musik. Ich konnte sehen, wie schmerzhaft es für Herrn Walter war, mir zuzuhören. Immer, wenn ich auf eine falsche Taste haute, schnaubte er empört und mit jedem Schnauben wurde die Luft im Zimmer schlechter. Ich atmete immer flacher und irgendwann war nur noch so wenig Sauerstoff in mir drin, dass ich mich überhaupt nicht mehr konzentrieren konnte. Dann machte ich noch mehr Fehler, worauf Herr Walter noch mehr schnauben musste und so weiter …

Einmal hatte ich während der Stunde ein Bonbon im Mund. Süßigkeiten gab es bei uns zu Hause eigentlich nie, aber ich hatte ein Paket von meiner Cousine bekommen. Sie war viel älter als ich und hatte mir die neuesten Süßigkeiten aus der Stadt geschickt. Ich lutschte gerade an einem Himbeerbonbon mit Brausepulverfüllung und spielte eine Etüde, da schnaubte Herr Walter empört. Dabei hatte ich mich gar nicht verspielt! Er befahl mir erbost, das

Bonbon auszuspucken. Dann hielt mir eine strenge Predigt über den Respekt vor der Musik und dem Instrument; immerhin übten wir an einem Flügel der weltberühmten Marke Steinway! Herr Walter war so empört, dass es mir vor lauter Sauerstoffmangel schon vor Ende der Stunde so schlecht ging, dass wir den Unterricht vorzeitig abbrechen mussten.

Ein paar Tage später verging die Klavierstunde mit den üblichen Tonleitern und quälenden Etüden und am Schluss begann Herr Walter sein kleines Konzert. Zum ersten Mal hörte ich, wie wunderbar er spielte. Seine langen Finger tanzten über die schwarzen und weißen Tasten und seine Mundwinkel wanderten mit jedem Stakkato höher. Ich saß wie gebannt da und hörte zu. Mit einem feurigen Donnerschlag auf den tiefen Tasten endete die Darbietung. Ich applaudierte. Und mit einem Mal merkte ich, dass mir gar nicht schummrig war. Vorsichtig atmete ich durch die Nase. Das ganze Zimmer war bis an die Decke angefüllt mit Lakritzgeruch. Verblüfft starrte ich Herrn Walter an. Hatte er eine neue Zahnpasta? Ein wundersames Medikament aus der Apotheke?

Am nächsten Tag verspielte ich mich oft, denn ich glaubte, Bewegungen am Kiefer von Herrn Walter zu sehen. Ständig sah ich zu ihm hinüber, doch sofort stand sein Kinn wieder still. Er konnte doch wohl nichts im Mund haben – wo er es mir selbst so streng verboten hatte!? Herr Walter hatte gerade die Stunde mit dem Lieblingsstück meiner Mutter beendet und ich klatschte höflich, da klopfte es an der Tür. Meine Mutter trat ein. Herr Walter sprang auf. Obwohl er den Kopf gerade hielt, flirrte sein Blick hilflos durch den Raum. Er beugte sich vor und hustete in seine Hand. Ich sah, wie etwas Kleines, Schwarzes darin landete. Dann machte er eine schnelle Bewegung unten an die Unterseite des Flügel, sprang zu meiner Mutter und begrüßte sie mit einer tiefen Verbeugung.

Ich tastete nach dem, was Herr Walter in seiner Panik unter die Klaviatur unseres Flügels geklebt hatte. Es war feucht, glitschig und widerwärtig, aber ich nahm es in die Hand und betrachtete es heimlich. Es war platt gekaut, länglich und mit Abdrücken von großen Zähnen versehen. Und roch nach Lakritz. Ein Kaugummi.

Panik im Blick, rutschte Herr Walter wieder neben mich auf den Klavierhocker. Bevor er damit begann, für meine Mutter zu spielen, tasteten seine langen Finger nach dem Kaugummi. Als er ins Leere griff, erstarrte er. Wie eine Statue spielte er sein Konzert und er verspielte sich so oft, dass meine Mutter nach den ersten Takten laut schnaubte und das Zimmer verließ.

Von da an hatte ich wieder Klavierstunden mit Mundgeruch, denn Herr Walter wagte es nicht, noch einmal mit einem Lakritzkaugummi im Mund zu erscheinen. Ich verspielte mich ständig und am Ende der Stunde war ich fast nicht mehr bei Bewusstsein. Aber Herr Walter schnaubte nicht mehr. Er saß einfach nur wie erstarrt neben mir, als befürchtete er, ich würde ihn doch noch verraten. Sobald der Unterricht vorbei war, sprang er auf und eilte davon, ohne seine Klavierkonzerte zu spielen. Ungefähr ein halbes Jahr später hörten die Klavierstunden auf, denn ich kam in die Anstalt. Was aus Herrn Walter wurde, weiß ich nicht.

11. Kapitel

Nachdem ich zu Ende erzählt hatte, saßen wir eine ganze Weile so da. Ich dachte an Herrn Walter und fragte mich, ob die Geschichte die richtige gewesen war. Sie zeigte, dass ich ein zurückhaltendes Kind gewesen war, das musikalisch nicht besonders begabt war, aber mehr auch nicht. Außer vielleicht, dass auch Erwachsene manchmal schwach sein konnten. Eli starrte auf das schwarze Kaugummi in der Dose. Dann brach es aus ihr heraus: »Ist das alles, sind da überall Kaugummis drin?«

»Natürlich.«

»Von Leuten?«

»Natürlich. Was sonst.«

»In all diesen Dosen und Schachteln, die du in all den Regalen hast, sind Kaugummis von Leuten. Die sie gekaut haben.«

Ich war nicht ganz sicher, ob ihr Blick angeekelt oder bewundernd war. Vielleicht dachte sie auch, ich sei nicht ganz dicht. Ich fühlte mich ein bisschen wie bei der Bahnhofsbesichtigung, doch mit meiner Kaugummisammlung war es noch schlimmer. Noch nie in meinem ganzen Leben hatte ich sie jemandem gezeigt. Ich wusste ja, was die Leute mit denen anstellten, die anders waren als sie …

»Graf«, sagte Eli. »Das ist der Hammer. Das ist Bombe. Das ist … einzigartig«, ihre Augen leuchteten. »Also erzähl: Was hast du gemacht, nachdem du das Kaugummi von Herrn Walter genommen hast, wie ging es weiter? Und was ist die *Anstalt*? Und du bist wirklich in einem Schloss groß geworden? Und wieso hast du das Kaugummi überhaupt genommen, obwohl es doch so eklig war? Und …«, jetzt sah sie tatsächlich ein bisschen angeekelt aus, »… hat es nach Mundgeruch gerochen?«

In mir hüpfte etwas. Ich war so erleichtert darüber, dass Eli sich für meine Sammlung interessierte, dass ich für einen Moment vergaß, warum ich sie ihr überhaupt zeigte. Ich erklärte ihr die Grundlagen der Sicherung von Kaugummi-Exponaten, also von Kaugummis, die sich als Sammlerstücke eignen.

Ihr müsst wissen, kein Kaugummi ist wie das andere. Zumindest nicht, wenn es gekaut und ausgespuckt wurde und für alle Ewigkeit zu einem Exponat erstarrt ist. Manche Kaugummi-Exponate sind länglich, andere flach und wieder andere ähneln Bohnen oder kleinen Kugeln. Wie jeder Mensch einen einzigartigen Zahnabdruck hat, so hat auch jedes Kaugummi ein einzigartiges Muster, eine ganz eigene Form. Manche

Kaugummis haben deutliche Zahnabdrücke, andere wiederum sind beinahe völlig glatt. Ein Kaugummi ist wie ein Fingerabdruck, nur viel besser. Es gibt die unterschiedlichsten Kaugummis, die aus unterschiedlichsten Gründen gekaut werden. Zum Beispiel gibt es Bubblegums für extragroße Blasen, Kaugummis gegen Mundgeruch, welche mit Nikotin und wieder andere für saubere Zähne. Manche Menschen kauen aus Gewohnheit, andere aus medizinischen Gründen, zum Abbau von Aggressionen oder einfach zum Spaß. Das Interessante ist, dass die kauende Person meist nicht weiß, dass sie gerade an der Herstellung eines wichtigen Objektes beteiligt ist. Das erklärt auch die oft unsachgemäße Entsorgung des Kaugummis an teilweise schwer zugänglichen Orten. Das Ganze ist eine Wissenschaft für sich.

Doch Eli hörte mir bald nicht mehr richtig zu. Sie schien sich mehr für die persönlichen Geschichten zu interessieren als für den theoretischen Hintergrund meiner Sammlung. Ich beschloss, ganz vorne zu beginnen und ihr mehr über die Anfänge der Sammlung zu erzählen …

Die Geschichte des Kaugummis der Gräfin Elisabeth Elektra Edda von Eberharthausen

Nachdem ich das Kaugummi von Herrn Walter erbeutet hatte, hielt ich die Augen offen. Herr Walter war ja nicht der Einzige im Schloss, der das Gegenteil von dem tat, was er predigte. Auch die anderen Erwachsenen taten ständig so, als hätten sie die perfekte Benimmse. Aber wenn sie glaubten, dass niemand hinsah, popel-

ten sie in der Nase, wuschen sich nach dem Toilettengang nicht die Hände und so weiter. Und der Beweis für diese Heuchelei waren die Kaugummis.

Nach und nach gelang es mir, Kaugummis von weiteren Bewohnern des Schlosses zu ergattern.

Zuerst war da meine Mutter. Gräfin Elisabeth Elektra Edda von Eberharthausen, geborene Ebbe von Entámenthy. Mit erbarmungslosem Blick wachte sie über alle, die nicht sofort die Flucht ergriffen, wenn sie in die Nähe kam. Fünf Dienstmädchen hatte sie schon entlassen, weil ihre Schürzen nicht richtig gebunden waren. Eine Köchin wurde gefeuert, weil eine Wimper in der Suppe schwamm. Aber meine Mutter, ja, sie trank heimlich Cognac aus der Flasche, aus der später den Gästen eingeschenkt wurde. Sie kratzte sich am Po, bevor sie ihre Hand zum Handkuss reichte, und zwischen den Mahlzeiten hatte ich sie schon oft in der Vorratskammer gesehen, wie sie schnell ein Törtchen oder ein Stück Wurst in sich hineinstopfte. Was mir natürlich streng verboten war. Und wenn sie sich über einen ihrer Bediensteten ärgerte, was oft genug vorkam, schloss sie sich in ihrem Schlafzimmer ein und kaute Kaugummi.

Woher ich das wusste? Ich hatte mich einmal aus Angst vor einer Reitstunde in ihrem Kleiderschrank versteckt und sie durch das Schlüsselloch beobachtet. Sie saß an ihrem Frisiertisch, zog hastig ein weißes Päckchen aus der Schublade, steckte sich etwas daraus in den Mund und kaute angestrengt. Dann legte sie das Kaugummi achtlos neben ihre Bürste, sah in den Spiegel und verschwand aus dem Zimmer. Das Kaugummi ist ein weißes Kaugummi ohne

Geschmack. Die Form: birnenförmig und sehr flach, Abdrücke: sehr viele.

»Es muss hier irgendwo sein …«, ich machte eine Bewegung zu den Regalen hin.

Eli nickte ungeduldig. »Und weiter? Wer kam dann?«

»Mein Vater«, sagte ich und begann zu erzählen …

Die Geschichte des Kaugummis von Graf Eberhart Echnaton Egobert von Eberharthausen

Mein Vater war unerbittlich in seinem Urteil über andere Menschen. War ein Händedruck bei der Begrüßung nicht kräftig genug, war die Person ein »Jammerlappen«. Wusste ein neuer Postbote nicht sofort die korrekte Anrede für meinen Vater, nämlich »Seine Erlaucht«, war er ein »Grützkopf«. Mein Vater zeigte seinen Unwillen allein durch leicht geblähte Nasenflügel; das war nur zu erkennen, wenn man ihn gut kannte. Jammerlappen und Grützkopf aber wurden nicht mehr bei uns gesehen. Das Einhalten der Benimmse war meinem Vater so wichtig, dass er nicht einmal sich selbst einen Fehler durchgehen ließ. Ließ er zum Beispiel bei Tisch eine Gabel fallen, schalt er sich selbst mit den übelsten Worten. Dem Gast, der so etwas zum ersten Mal erlebte und für einen besonders gelungenen Scherz hielt, verging das Lachen schnell. Und stell dir vor, selbst mein Vater hat das getan, was er selbst so oft als »widerlichstes Laster unter der Erdensonne« bezeichnete. Als »Unsitte, die den Menschen aussehen lässt wie ein dummes, wiederkäuendes Rindvieh«. Als ich eines Tages im seinem Arbeitszimmer auf ihn wartete, damit er mich für das Schnürsenkelzusammenknoten mit Onkel Wetterquist am Vorabend schelten konnte, sah ich sie. Eine kleine, graue Kugel unter der Armlehne seines mächtigen Schreibtischstuhles. Sie musste einige Zeit dort geklebt haben, denn sie war schon getrocknet. Ich bekam sie gerade noch ab und konnte sie in meiner Tasche verstauen, bevor mein Vater ins Zimmer kam.

»Ein Kaugummi«, sagte Eli.

»Ein Kaugummi«, wiederholte ich.

Dann schwiegen wir. Ich dachte an meine Eltern und an das Schloss, von dem nichts übrig geblieben war als das Paar marmeladenroter Samtpantoffeln. Ich war nicht traurig darüber, aber das Nachdenken über meine Eltern erschöpfte mich. Ich schlug vor, erst einmal einen Tee zu trinken und später weiterzumachen, doch Eli wollte davon nichts wissen.

»Onkel Wetterquist«, sagte sie versonnen. »Echt guter Name. Hast du von dem auch eins?«

12. Kapitel

Onkel Wetterquist! Ja, das würde die Geschichte sein, die Eli von meiner Wehrlosigkeit überzeugte. Das Kaugummi musste irgendwo ganz oben sein. Ich nahm die Leiter, die an der Rückseite der Tür an einem Haken hing, und wollte sie vor dem Fensterregal aufbauen.

»Bist du verrückt? Lass mich das machen!«

Eli sprang auf, riss mir die Leiter aus der Hand und stellte sie vor das Regal. Ich wollte protestieren, noch nie hatte jemand meine Sammlung angefasst. Aber die Regale waren wirklich hoch, fast dreieinhalb Meter. Meine Beine waren noch immer etwas wackelig von meinem Sturz und obwohl ich mein Leben lang immer stolz auf meine Beweglichkeit gewesen war, gab ich nach. Dafür hielt ich die Leiter fest und dirigierte Eli. »Ganz oben ist es, ja genau, etwas nach links, exakt, ja, dieses Fach müsste es sein. Wenn du jetzt zu deiner Rechten, diese große hellblaue Pappschachtel heraus ... ja ... darunter müsste ... genau! Das ist sie!«

Eli reichte mir die kleine Zigarrenkiste. *Feinschmecker Nr. 3 Brasil* war in das leichte, rötliche Holz eingebrannt. Schwups war Eli wieder unten und wir setzten uns gegenüber auf den Boden. Ich ließ die Kiste geschlossen, als ich begann ...

Die Geschichte des Kaugummis von Herzog Wenzel von Wetterquist

Das Kaugummi, das in dieser Dose liegt, gehörte meinem Großonkel, dem Herzog Wenzel von Wetterquist. Ich mochte ihn wirklich sehr. Er war ganz anders als meine Eltern. Er lachte viel und war immer lustig. Manchmal furzte er so laut bei Tisch, dass es nur so donnerte, und danach sah er meine Mutter herausfordernd an. Sie tat immer so, als habe sie überhaupt nichts gehört, denn sie wagte nicht, mit ihm zu schimpfen. Dann zwinkerte er mir zu und schleckte genüsslich sein Messer ab. Trotz seiner Tischmanieren war mein Großonkel oft bei uns zu Gast. Einmal im Monat gaben meine Eltern ein Festmahl für ihn.

Denk nicht, dass sie das taten, weil sie ihn so gernhatten. Im Grunde mochten sie ihn überhaupt nicht. Ich hatte meine Mutter oft zu meinem Vater sagen hören, dass es jetzt aber das allerletzte Mal sei, und mein Vater hatte gesagt, dass sie Ruhe bewahren solle, am Ende würde sich das alles schon auszahlen. Ich wusste, welches Ende er damit meinte, und ballte still meine Fäuste.

Der Grund, warum meine Eltern Onkel Wetterquist immer

wieder zum Essen einluden, obwohl sie ihn kein bisschen leiden konnten, war der, dass er noch wichtiger und reicher war als sie selbst. Onkel Wetterquist lebte in einem Schloss, das noch viel größer war als das meiner Eltern, mit weiten Wiesen und riesigen Wäldern und allem, was damals zu einem Schloss so dazugehörte. Und meine Eltern hatten sich in den Kopf gesetzt, dass sie es sein würden, die seinen ganzen Besitz einmal erbten. Denn Onkel Wetterquist hatte keine Kinder.

Meine Eltern gaben sich also Mühe, besonders nett zu Onkel Wetterquist zu sein, doch je netter sie waren, desto schlechter benahm er sich bei Tisch. Er trank aus der Blumenvase und verspeiste die Tulpen manierlich mit Messer und Gabel, mit Strunk und Stiel – meine Mutter verzog keine Miene. Er rülpste mir eine Melodie von Mozart vor – meine Mutter tat so, als habe sie nichts gehört. Bei jedem Essen ließ sich Onkel Wetterquist etwas anderes einfallen und wenn wir fertig waren, spielte er mit mir.

Wir verkrochen uns unter dem Tisch und verknoteten die Schuhbänder der Gäste, wir versteckten die Zigarren aus dem Rauchsalon auf der Toilette. Mit Onkel Wetterquist hatte ich einen Spaß wie mit sonst niemandem in meiner Kindheit. Mit ihm konnte ich lachen und raufen und verbotene Sachen machen. Natürlich bekam ich ein Donnerwetter, wenn Onkel Wetterquist sich verabschiedet hatte. Doch das war es mir wert.

Du fragst dich vielleicht, warum Onkel Wetterquist überhaupt jeden Monat zu uns zum Essen kam, obwohl er ganz genau wusste, dass meine Eltern eigentlich nur sein Hab und Gut erben wollten. Ich denke, das lag daran, dass er niemals ein gutes Mahl aus-

ließ. Er liebte das Essen und den Wein und ich hoffte, ein bisschen liebte er auch mich.

An einem Abend war Onkel Wetterquist besonders gut in Form. Er steckte sich Erbsen in die Nase und legte sich ein Stück Braten auf den Kopf und meine Mutter sah so angestrengt nicht zu ihm hin, dass ihr die Augen beinahe herausfielen. Ich kicherte hinter vorgehaltener Hand und freute mich auf die Nachspeise. Schokoladencreme sollte es geben. Schokoladencreme war die Lieblingsspeise meines Onkels. Doch er war noch nicht fertig mit seiner Vorstellung. Mit den Erbsen in der Nase und dem Braten auf dem Kopf schnappte er sich mit bloßen Fingen einen der kleinen Hummer, die in einer Schale in der Mitte des Tisches lagen.

Er steckte sich den Hummerschwanz in den Mund und ließ den Rest des Tieres heraushängen, dabei machte er lustige Geräusche und begann, im Sitzen auf seinem Stuhl zu tanzen. Ich weiß nicht, ob du schon einmal einen Sitztanz gesehen hast, aber so etwas kann sehr spaßig aussehen. Vor allem, wenn man dabei Erbsen in der Nase, eine Scheibe Braten auf dem Kopf und einen Hummer im Mund hat.

Meine Mutter legte ihr Besteck auf den Tisch und setzte sich ganz gerade hin. Ihre Augen traten noch weiter hervor und ihr Kiefer war so angespannt, als würde sie heimlich Kaugummi kauen. Mein Vater schloss die Augen. Ich konnte es nicht mehr aushalten, mein Lachen platzte laut aus mir heraus und erfüllte den ganzen Speisesaal. Der Butler Ferdinand stand neben der Tür und sah unbeteiligt in die Luft.

Onkel Wetterquist schien mein Lachen zu freuen. Er vollführte noch wildere Bewegungen, so dass sein dicker Bauch ins Schwanken geriet, doch plötzlich hielt er inne. Hmmm, hmmmm!, machte er, doch mit dem Hummer im Mund war er nicht zu verstehen. Und dann ging alles ganz schnell. Der Hummer schoss aus Onkel Wetterquist heraus und landete im Schoß meiner Mutter, die laut aufschrie. Onkel Wetterquist röchelte, sah mich erstaunt an und brach auf seinem Teller zusammen.

Später erfuhren wir, dass er an einem Stück Hummerpanzer erstickt war, dass sich durch seine wilden Bewegungen vom Körper des Tieres abgelöst hatte und in seine Luftröhre gelangt war. Die Erbsen in der Nase waren auch nicht unbedingt hilfreich gewesen.

So kam es, dass ich den einzigen Menschen verlor, der mich damals wirklich gernhatte. Und den ich wirklich gernhatte. Als ich kurz darauf in die Anstalt geschickt wurde, war ich also nicht weiter traurig darüber. Ich konnte ja auch nicht wissen, was mich dort erwartete. Aber ich wollte dir ja von dem Kaugummi erzählen.

Du kannst dir denken, dass meine Eltern nicht sehr traurig über Onkel Wetterquists Tod waren, denn genau darauf hatten sie ja gewartet. Natürlich fand mein Vater es absolut unmöglich von ihm, an einem Stück Hummerpanzer und zwei Erbsen zu ersticken, und meine Mutter war auch nicht gerade erbaut über die Art und Weise seines Abgangs, doch alles in allem waren sie recht froh über den Ausgang der Dinge.

Zumindest, bis sie von seinem Testament erfuhren.

Ein Testament, musst du wissen, ist ein Stück Papier, auf dem jemand genau aufschreibt, was mit all seinen Sachen passieren soll, wenn er mal tot ist. Meistens bekommen alles die nächsten

Verwandten und da meine Eltern die nächsten Verwandten von Onkel Wetterquist waren, freuten sie sich schon, bald in ein noch viel größeres Schloss umziehen zu können.

Doch sie hatten nicht mit Onkel Wetterquist gerechnet.

Er hatte seinen gesamten Besitz, vom kleinsten Löffel in seiner Küche bis zum höchsten Baum in seinem Wald, einer Organisation zur Verhinderung von Ungerechtigkeit auf der Welt vererbt. Als kleiner Zusatz stand ganz unten: Mein lieber, armer Großneffe Eberhart von Eberharthausen darf sich vor Übergabe an die Erben eine Sache seiner Wahl aus meinem Besitz aussuchen.

Noch nie waren meine Eltern so nett zu mir gewesen wie in den darauffolgenden Tagen. Ich durfte jeden Abend mit dem Butler Ferdinand Pferd spielen. Ich durfte so lange aufbleiben, bis ich umfiel, und Nachtisch essen, so viel ich wollte, noch bevor ich überhaupt mit der Vorspeise angefangen hatte. Ich durfte mit dem Fischmesser Fleisch schneiden und mit dem Suppenlöffel Marmelade direkt aus dem Glas löffeln. Ich musste mir nicht mehr die Haare kämmen und überhaupt durfte ich alles, was bis dahin strengstens verboten gewesen war. Und dafür sollte ich mir etwas ganz Bestimmtes aussuchen.

Was das war, darüber stritten meine Eltern jeden Abend beim Abendessen und dann beknieten sie mich, genau das zu tun, was sie mir sagten. Ich sollte mir das Kästchen mit dem wertvollen Familienschmuck aussuchen, sagten sie. Am nächsten Tag sagten sie, nein, ich müsse unbedingt die größte Truhe mit dem meisten Gold darin auswählen. Am Tag darauf war es wieder etwas anderes, noch Wertvolleres und zuallerletzt einigten sie sich darauf, dass die Sache meiner Wahl, die Sache, die ich mir aus Onkel Wetterquists Besitz aussuchen sollte, sein Schloss war. Meine Eltern kicherten laut vor Glück über ihren grandiosen Einfall und tranken eine ganze Flasche Champagner aus, von der auch ich einen Schluck bekam, und mein Vater vergaß sein ganzes gutes Benehmen und rülpste einmal leise, worauf er sich heftig schalt.

Am nächsten Tag fuhren wir zum Schloss meines Onkels. Es war sehr traurig, ohne ihn dort zu sein. Es kam mir alles so verlassen und sinnlos vor ohne sein Lachen und seine verrückten Ideen. Doch meine Mutter kicherte unablässig vor sich hin und wenn mein Vater nicht mein Vater gewesen wäre, hätte er mitgekichert. So lächelte er milde, doch ich konnte sehen, welche Anspannung sich unter diesem Lächeln versteckte. Der Testamentsvollstrecker führte uns herum. Das ist jemand, der dafür sorgt, dass es bei Testamenten mit rechten Dingen zugeht und am Ende alles haargenau so geschieht, wie es der Tote gewollt hatte. Es passte meinen Eltern natürlich nicht, dass er dabei war, aber was sollten sie machen. Meine Mutter stupste mich unablässig in die Seite und knurrte: »Nun sag schon, Eberhart, wofür du dich entschieden hast, sag es dem netten Herrn.«

Doch der nette Herr sagte: »Euer Erlaucht, ihr Sohn möge sich erst einmal in aller Ruhe umsehen, bevor er entscheidet.«

Und genau das tat ich. Ich sah mich um. Ich sah mir den ganzen Wald, die Wiesen, die Ställe und jedes einzelne Zimmer im Schloss meines Onkels genau an. Sämtliche Truhen, Deckel und Schubladen ließ ich geschlossen, obwohl mich meine Mutter mit unverhohlener Neugierde bat, sie zu öffnen, da ich als Erbe doch schließlich sehen müsse, was sich darin verbarg. Ich war sicher, dass ich finden würde, wonach ich suchte. Ich sah mir alles genau an und nahm dabei Abschied von meinem Onkel. Seine verstrubbelte Zahnbürste sah ich an, seinen silberbestickten Morgenmantel, seinen Kamm, in dem noch ein paar seiner langen weißen Haare hingen. Dann sagte ich zum Testamentsvollstrecker: »Ich habe mich entschieden.«

Meine Mutter schluchzte erleichtert auf, mein Vater atmete hörbar aus und ich ging mit festen Schritten in den Salon, wo auf dem kleinen runden Tisch zwischen mehreren kanarienvogelgelben Sesseln das perfekte Chaos zu sehen war. Die Brille meines Onkels lag dort, außerdem halb zerknüllte Zettel und Papiere mit Kreuzworträtseln und mehrere aufgerissene Packungen Kaugummi. Ich klaubte einen getrockneten gelben Batzen auf, der auf einer dieser Packungen klebte, hielt ihn in die Höhe, damit ihn auch jeder der drei Anwesenden gut sehen konnte, und sagte: »Ich nehme das hier.«

13. Kapitel

Elis Wangen waren gerötet und auch die Spitzen ihrer Ohren, die aus ihren Haaren hervorlugten, leuchteten rötlich. Sie saß mit angezogenen Beinen da und umklammerte ihre Knie mit den Armen.

»Mannomann«, sagte sie.

Ich räusperte mich. Mein Mund war vom vielen Erzählen schon wieder ganz trocken.

»Tut mir echt leid mit deinem Onkel«, sagte Eli.

Ich schnaubte unwillig. Ich hatte ihr das schließlich nicht erzählt, damit sie mich bemitleidete. »Jetzt wirst du wohl einsehen, dass ich für einen Kampf vollkommen ungeeignet bin«, sagte ich.

Eli legte den Kopf schief. »Meinst du? Ich finde, ehrlich gesagt, das Gegenteil. Du bist so mutig gewesen. Du hast dich ganz allein gegen deine Eltern durchgesetzt. Das war spektakulär. Das war genial!«

Ich begriff, dass ich nicht ehrlich genug gewesen war. Ich hatte ihr die Geschichte in der Version erzählt, auf die ich mich mit mir selbst geeinigt hatte. Die Version, die nicht ganz so blamabel war. Aber diese Version reichte nicht. Ich musste deutlicher werden.

Ich klappte die Schachtel auf und ließ Eli das Kaugummi meines Onkels sehen. Es war noch immer leuchtend gelb und hatte eine Form, die an einen Bienenkorb erinnert. Diese Form entsteht, wenn man ein Kaugummi langsam aus dem Mund zieht, so dass es zu einer Art langer Schnur wird. Diese Kaugummischnur wickelt man sich um den Zeigefinger. Wenn man das Kaugummi später vom Finger abzieht, hat es eine Art aufgerollte Bienenkorbform mit einem Loch in der Mitte, dort, wo es am Finger steckte.

Eli sah sich das Kaugummi ganz genau an. Es war zwar nach all den Jahren kaum möglich, aber plötzlich war mir, als ginge ein leichter Zitronengeruch von ihm aus, er flog mir geradezu in die Nasenlöcher. Ganz zart nur, aber es war eindeutig Zitrone. Sofort hatte ich meinen Onkel vor Augen. Seine Augen, die immer listig und freundlich zugleich blickten.

Auch Eli schien etwas zu merken. Sie hob die Nase in die Luft, wie Schmitt, wenn er witterte. Ich versuchte noch einmal, den Geruch meines Onkels einzufangen, doch es war vorbei. Ich bekam nur etwas Staub in die Nase und musste niesen. Dann begann ich mit der Wahrheit.

»Nun ja. Haargenau so, wie ich es dir erzählt habe, ist es damals vielleicht doch nicht gewesen …«

Ich habe das Kaugummi natürlich gleich gesehen, als ich den Salon betreten hatte. Damals sammelte ich schon eine ganze Weile, mein Blick war einfach darauf trainiert, Kaugummis zu sichten. Nur dass mein Onkel es natürlich nicht für nötig gehalten hatte, seine gekauten Kaugummis zu verbergen.

Du hast ja vielleicht schon bemerkt, dass ich damals nicht gerade der Mutigste war. Ich hatte nicht gelernt, Widerworte zu geben. Nur wenn mein Onkel da war, traute ich mich, die Regeln zu brechen. Und im Grunde war ja nicht ich es gewesen, der sie brach, sondern mein Onkel. Ich brauchte einfach nur mitzumachen. Ihm folgen, wie ich sonst meinen Eltern folgte. Die Ideen für die Streiche kamen alle von ihm.

Doch als ich an diesem Nachmittag mit meinen Eltern durch das Haus meines Onkels geführt wurde und all seine Sachen sah, so lustig und bunt, da war es mir, als spürte ich Onkel Wetterquist. Als hörte ich sein Lachen, wenn er wieder mal jemandem einen kolossalen Streich gespielt hatte. Mit einem Mal spürte ich eine heiße Kraft in meiner Brust. Du kannst alles tun!, dachte ich. Als hätte es mein Onkel mir eingeflüstert.

Als ich dann das Kaugummi auf dem Tisch sah, bekam ich Angst. Ich wusste, ich wollte es haben. Aber ich wusste auch, oder glaubte zumindest zu wissen, wie der Zorn meiner Eltern schmecken würde, wenn ich das Unglaubliche, was ich dachte, tatsächlich tat. Wäre es nicht leichter, ich würde mich für das Schloss entscheiden? Vielleicht konnte ich meine Eltern überzeugen, ohne mich hier einzuziehen, und mit Ferdinand im alten Schloss bleiben.

Doch als ich meine Eltern ansah, wusste ich, dass ich niemals meine Ruhe vor ihnen haben würde. Ich hatte Angst. Riesengroße Angst. Ich hatte solche Angst, dass ich mir vor den Augen meiner Eltern und denen des Testamentsvollstreckers die Hosen vollpinkelte. So, jetzt weißt du es. Lach mich ruhig aus.

Meine Eltern bemerkten es zuerst gar nicht, sie waren viel zu gespannt darauf, was ich sagen würde. Als der Testamentsvollstrecker die Pfütze sah, die sich unter meinen Hosenbeinen ausbreitete, sah er taktvoll beiseite. Und dann war es, als höre ich die Stimme meines Onkels in meinem Ohr: »Nun mach schon, Junge, du hast nichts zu verlieren!« Ich spürte einen Stoß im Rücken und stolperte zum Tisch. Wie automatisch griff ich nach dem Kaugummi. Als ich es hochhielt, sah ich den entsetzten Ausdruck in den Augen meines Vaters und im Gesicht meiner Mutter. Und ich sah ein winziges, kurzes Lächeln auf den Lippen des Testamentsvollstreckers. Ich sagte: »Ich nehme das hier«, aber meine Stimme klang kläglich und daraufhin brach ich schluchzend auf dem Fußboden zusammen.

Du siehst also, ruhmreich ist diese Geschichte nicht. Im Grunde war es mein Onkel, oder der Geist meines Onkels, der das Kaugummi genommen hat. Ich habe bloß gepinkelt und geflennt.

Jetzt war ich wirklich erledigt. Ich fühlte mich, als hätte ich ein Dutzend Kniebeugen und Hampelmänner in der heißesten Augusthitze gemacht. Ich hatte gar nicht gewusst, dass Erinnern so anstrengend sein konnte.

Eli sah versonnen vor sich hin. Ihr Blick wanderte von dem gelben Zitronenkaugummi von Onkel Wetterquist zu den Regalen, und dann an den Regalfächern rauf und runter. An jedem verweilte sie mit ihrem Blick, als würde sie sich jedes einzelne Kaugummibehältnis ganz genau ansehen und überlegen, was für eine Geschichte sich wohl darin verbarg. Ein bisschen sah Eli so aus, als ob sie das alles nicht so recht glauben könne, und gleichzeitig so, als ob sie noch mindestens einhundert Kaugummigeschichten hören wollte und sich nur nicht entscheiden konnte, welche zuerst.

»Nun siehst du es, Eli. Ich war und bin ein Versager«, sagte ich.

Eli zog eine Augenbraue hoch. An irgendjemanden erinnerte mich das …

»So ein Quark, das glaubst du doch selbst nicht. Du warst mutig. Sonst gar nichts.«

Es war schon Nachmittag. Ich hatte die ganze Zeit nicht an meinen Zeitplan gedacht. Wie spät es wohl war? Was verpasste ich gerade? Den Tee? Die Gymnastik? Ich wollte es lieber gar nicht so genau wissen. Denn um Eli zu überzeugen, musste ich ihr eine letzte Geschichte erzählen. Damit sie endlich verstand, was für ein klägliches Würstchen ich war. Doch vorher brauchte ich eine Stärkung.

»Ab in die Küche«, sagte ich und schloss die Zigarrenschachtel mit einem leisen *Klapp*. »Jetzt gibt's Süßes!«

Eli staunte, als sie das aufwendig verpackte Paket sah. Es war in rot-weiß gestreiftes Papier eingeschlagen und wurde von einer rot-weiß gestreiften Schleife zusammengehalten. In der Mitte prangte das Logo des Süßigkeitengeschäfts: ein Einhorn, dem eine rot-weiß gestreifte Zuckerstange als Horn diente. Ich schnitt die Schleife durch und riss das Papier auf. Wie hungrig das Geschichtenerzählen und das Geschichtenanhören uns gemacht hatten, merkten wir erst jetzt. Wir aßen, ohne überhaupt zu merken, was wir aßen. Eine nach der anderen stopften wir die Süßigkeiten in uns hinein. Die Trillerpfeifen aus Zuckerguss, die Brausepulverröllchen aus Samtlakritz, den mit Splitterrahm überzogenen Nougatkrokant, die Butterkipferln in Erdbeerhülle, die Zitronenflecken in Wacholderzucker, die mit Apfelcreme gefüllten Limettenfizzer, die Maroniherzen in Schokoglasur, wir schlangen das alles einfach so herunter, ohne es zu schmecken. Es hätten auch Bohnen mit Schiffszwieback sein können oder meinetwegen auch die *Etiketten* der Bohnendosen, wir hätten es wahrscheinlich nicht einmal bemerkt. Und dann – war alles weg. Nicht einmal eine einzelne Zuckerperle oder der winzigste Krümel Krokant war mehr in dem rot-weiß gestreiften Papier zu finden. Eli sah mich betroffen an.

»Herzlichen Glückwunsch zum Geburtstag«, sagte sie. Und leise fügte sie hinzu: »Es tut mir leid.«

Ich wusste nicht, was ihr leidtat, aber ich hatte anderes im Kopf. Die Süßigkeiten hatten mir die nötige Kraft gegeben, Eli die letzte Geschichte zu erzählen.

14. Kapitel

Die Dose war zwischen Regalbrett und Wand gerutscht. Mit einiger Mühe bekam ich sie hervor. Sie war unscheinbar. Grau, schmucklos, rechteckig. Eine alte Bleistiftdose aus Blech, etwa so lang wie meine Hand. Bevor ich sie öffnete, erzählte ich Eli von Feder. Ich erzählte ihr dieselbe Geschichte, die ich euch im zweiten Kapitel erzählt habe. Ich erzählte sie ihr, weil sie zu der Geschichte des Kaugummis in der grauen Dose dazugehört. Sie ist ihr Anfang.

Diesmal schien ich tatsächlich die richtige Geschichte ausgewählt zu haben. Elis Gesicht wurde immer grauer, während sie mir zuhörte. Immer, wenn der Name Madenbach fiel, zuckte sie zusammen. Und als ich zu der Stelle kam, in der Made senior mit dem Brief beim Frühstück erschien, wimmerte sie leise und krümmte sich. Ich reagierte nicht darauf. Das war genau die Reaktion, die ich mir erhofft hatte. Als ich die Geschichte so weit erzählt hatte, wie ihr sie kennt, öffnete ich die Dose. Eli wich zurück, als hätte sie einen Widerwillen gegen das, was sich darin befand. Ich sprach weiter:

Es war ein paar Wochen nach dem Verschwinden von Feder und nur wenige Tage nach dem Morgen, an dem Made senior uns von dessen Dahinscheiden berichtet hatte. Bis zu diesem Tag hatte ich mir vorgestellt, Feder habe einen anderen Ort gefunden. Einen, an dem man ihn so sein ließ, wie er war, und wo sich niemand über ihn lustig machte. Jeden Abend hatte ich versucht, mir das vorzustellen. Feder, lächelnd, mit seiner Sammlung. Feder umringt von Vögeln. Feder auf einer sonnigen Wiese. In einem besonderen Haus für spezielle Kinder war er gelandet. Freundliche Lehrerinnen in langen, weißen Gewändern gab es dort, die Feder alles über Vögel beibrachten, was er wissen wollte, sogar ihre Sprache. Feders Sammlung wuchs und wuchs und er lachte und bald sprach er wieder. Weil er es wollte. Und weil man ihm zuhörte. Doch irgendwas holte mich immer zurück in den Schlafsaal. Das meckernde Lachen von Ewald dem Langen, der seinem Bettnachbarn die Decke weggerissen hatte. Das Klappern eines Nachttopfes. Und dann lag ich da in meinem kalten Bett und wusste, dass bei Feder nichts gut war. Tief in mir drin wusste ich es.

Die Tage verbrachte ich damit, Ewald dem Langen und den Madenbachs aus dem Weg zu gehen; in den Nächten ging ich Feder aus dem Weg, indem ich mir sein wunderbares neues Leben ausmalte. Doch dann kam der Brief und alles war vorbei. Ich konnte nicht mehr so tun, als hätte mein Schweigen Feder gerettet. Als hätte es ihn an diesen wunderbaren Ort gebracht. Als wäre alles gut. Nichts war gut und ich war schuld. Aber eigentlich … Ich war doch nur einer von vielen. Einer der anderen hätte schließlich auch etwas sagen können. Ich war ja nicht einmal der Stärkste. Und was hätte es Feder gebracht, wenn Ewald der Lange mich verprügelt hätte? Am Ende wäre es vielleicht wieder Feder gewesen, der bestraft worden wäre. Nein, Ewald der Lange war schuld, er hatte Feder herausgepickt! Und die Madenbachs waren schuld! Sie hatten ihn auf dem Gewissen. Und ich musste mich an ihnen rächen. Nur hatte ich nicht die geringste Ahnung, wie.

Ich hatte den Blick nicht vergessen, den Made junior mir zugeworfen hatte, als die Tür sie über der Augenbraue getroffen hatte. Triumphierend. Gemein. Und irgendwie auch, ja, verschwörerisch. Ganz so, als hätten sie und ich jetzt etwas gemeinsam. Ein Geheimnis. Mich schüttelte es bei dem Gedanken, ein Geheimnis mit Made junior zu haben. Doch gleichzeitig hatte ich so ein Gefühl, als könne ich auf diesen Blick aufbauen.

An diesem Nachmittag mussten wir wieder Laub harken. Es war Herbst und die Bäume der Allee vor der Anstalt ließen Blätter ohne Unterlass. In kleinen Gruppen standen wir auf dem Weg und arbeiteten. Krssss, krssss, krssss machten unsere Rechen.

Unauffällig schaute ich mich um. Ewald der Lange lehnte gelangweilt an einem Baum und kaute an seiner Unterlippe. Er ließ den Blick schweifen und schien zu überlegen, wen er sich als nächstes Opfer auswählen sollte. Unsere Blicke trafen sich und ich sah zu Boden. Zu spät. Als ich wieder aufsah, hatte er ein fieses Grin-

sen aufgesetzt und harkte mit neuer Kraft, so dass die Blätter nach allen Seiten flogen. Verdammt. Er überlegte bestimmt gerade, wie er es am besten anstellen konnte, mich zu quälen. Ich musste handeln.

Auf einer Bank ganz in der Nähe saß Made junior. Wie immer trug sie ihren seltsamen Mantel, er war braun und irgendwie haarig, und sie schien ganz in ihr Buch vertieft. Doch in Wahrheit beobachtete sie uns und wartete, bis jemand von uns einen Fehler oder eine Pause machte, um ihn dann bei ihrem Vater zu verpfeifen. Alle bis auf Ewald natürlich. Langsam bewegte ich mich mit meinem Rechen auf sie zu. Ein gelbes Blatt lag neben ihrem Schuh. Ich hielt inne. Aus dem Augenwinkel konnte ich sehen, dass Ewald mit dem Harken aufgehört hatte und mich beobachtete. Ich hob den Kopf und lächelte Made junior an. Nicht zu freundlich, es war eher ein grimmiges Lächeln. Mit Freundlichkeit würde ich bei ihr nicht weit kommen, das wusste ich. Erstaunt sah sie von ihrem Buch hoch.

»Irre Sache mit Feder, was?«, sagte ich mit fester Stimme. Ganz so, als sei es mir vollkommen egal. Als wäre mir nur langweilig und es wäre das Normalste der Welt, dass ich bei ihrer Bank stand und wir miteinander redeten. Bevor sie etwas erwidern konnte, setzte ich hinzu: »Und wie geht's deinem Kopf? Alles o.k.?« Ich sah sie mitfühlend, aber nicht zu mitfühlend an. Dann harkte ich das gelbe Blatt neben ihrem Fuß weg und ging weiter, als erwartete ich keine Antwort, als wäre sie mir egal. Ich hatte über meine Worte nicht nachgedacht. Aber es waren wohl die richtigen gewesen, denn ich spürte, dass sie mir nachsah. Als ich drei Schritte gegan-

gen war, knallte mir Ewald seinen Rechen vor die Füße und sah mich herausfordernd an.

»Was willst du von der? Bist du scharf auf die?«

Es tut mir leid, aber das war die Sprache, die Ewald der Lange benutzte. Er drückte sich nicht gerade gewählt aus. Ich spürte noch immer den Blick von Made junior in meinem Rücken. Ewald packte meine Schulter, als wolle er mir die Knochen brechen – da erklang ihre leise, scharfe Stimme. »Lass ihn.«

Das war alles. Und es reichte. Ewald der Lange sah mich verblüfft an. Dann ließ er tatsächlich meine Schulter los.

Betont freundlich sagte er: »Wollte nur mal fragen, ob er noch kann. Oder ob ich helfen soll. Der arme, kleine Eberharthausen.«

Völlig unbemerkt von uns war Made senior auf die Allee gekommen. »Was geht hier vor!«, sagte er erzürnt. »Warum arbeitet ihr nicht!« Dann wandte er sich an seine Tochter. »Eleonore, berichte«, sagte er mit strenger Miene. »Welcher der beiden Herren hier hält den anderen von der Arbeit ab? Ist es dieser?«

Er packte mich am Ohr. Ewald der Lange grinste siegessicher. Ein paar Sekunden sah es aus, als könne sich Made junior nicht recht entscheiden. Dann senkte sie den Kopf wieder in ihr Buch und sagte unbeteiligt: »Es war E–«

Eli gab eigenartige Geräusche von sich. Sie war halb zur Seite gesunken, hielt sich den Bauch und sah wirklich furchtbar aus. Ihr Gesicht war grau und ihre Lippen weiß. Sie hing über dem Boden, als würde sie jeden Moment zusammenklappen.

»Ich glaub, mir wird schlecht«, presste sie hervor. Und erbrach sämtliche Süßigkeiten, die sie an diesem Nachmittag gegessen hatte, in einem großen Schwall auf meine Pantoffeln.

Dann passierte alles fürchterlich schnell und auf einmal. Während Eli sich auf meine Pantoffeln erbrach und ich nicht anders konnte, als Stückchen von gestreiften Zuckerkringeln, Lakritzfitzel und allerlei andere anverdaute Süßigkeitenteilchen in dem Erbrochenen auszumachen, waren von draußen laute Geräusche zu hören. Ein Knattern und Rattern und dann ein ohrendurchdringendes, metallenes Quietschen, wie es einst von den alten Kies-Förderbändern gekommen sein musste, als man sie ein für alle Mal angehalten hatte. Eli saß noch immer vornübergebeugt da und hielt sich den Magen, während ich versuchte, aufzustehen und meine Pantoffeln aus dem schleimigen See zu befreien, der sich langsam auf dem Holzboden ausbreitete. Da klopfte es unten an der Küchentür. Und gleichzeitig mit Elis letztem verzweifelten Würgegeräusch drang die Stimme in meinen Bahnhof.

»Eberhart«, rief sie. »Eberharthausen!«

Ich weiß nicht, wie ich die Treppe hinunterkam. Ich kann mich dunkel daran erinnern, dass ich plötzlich unten in der Küche war und mir von einem der Haken neben dem Ofen den Kartoffelstampfer schnappte, und jetzt fragt mich bitte nicht, warum ich das tat. Falls ihr vermutet, dass ich über irgendwelche geheimen Kenntnisse im Nahkampf mit Kartoffelstampfern verfüge, muss ich euch leider enttäuschen. Ich blieb mitten in der Küche stehen und konnte mich nicht mehr rühren, denn was sollte ich schon machen gegen sie? Sie würde mich einfach weglachen. Mit diesem kleinen, trockenen Lachen, das sie von Ewald dem Langen gelernt hatte. Vielleicht würde sie auch gar nichts sagen, sondern einfach eine Augenbraue hochziehen, wie sie es immer gemacht hatte, wenn sie zusah, wie ihr Vater uns an den Ohren riss oder uns den Hosenboden versohlte. Eigentlich musste sie gar nichts machen. Ihr Anblick würde wahrscheinlich ausreichen.

Eli baute sich vor mir auf und gestikulierte wild. *Nicht aufmachen!,* sagten ihre Hände. *Lass bloß diese verdammte Küchentür zu!,* sagten ihre Augen. Zu spät. Eli fuhr mit einem unterdrückten Schrei herum und versteckte sich hinter mir, als die Küchentür aufflog, mir ein kalter Windhauch von der Veranda direkt ins Gesicht wehte und ich den Kartoffelstampfer, in einem Anfall von ich weiß nicht was, hoch über meinen Kopf hob.

Im Türrahmen stand eine kleine Person mit einem breiten Gesicht. Ihre Haare glänzten braun, wie frisch gefärbt, und reichten ihr bis zum Kinn. Dort waren sie sorgfältig nach innen geföhnt und mit Haarspray festgesprüht, so dass sie aussahen wie kleine Röhrchen. Sie trug ein Kostüm aus einem eigenartigen Stoff. Er war braun und irgendwie haarig, so wie die Kleidung, die sie als Kind getragen hatte. Jetzt wusste ich, aus welchem Material Eleonore Madenbachs Kleider waren. Es war Fell. Tierfell. Braun, wie frische Kastanien. Ich warf einen raschen Seitenblick zu Schmitt, doch er schlief ungerührt auf seinem Teppich und schien von alldem mal wieder nichts mitzukriegen.

Eleonore Madenbach. Natürlich war auch sie älter geworden. Doch ihre Augen waren dieselben und auch ihre stolze Haltung, durch die sie größer wirkte als ich, obwohl sie mir nur bis zur Brust reichte. Ihre Augenbrauen waren dunkel nachgezeichnet. Eine davon zog sie in die Höhe, als sie den Kartoffelstampfer erblickte. Mein Arm sank herunter. Niemals zuvor hatte ich mir Gedanken über die Mohnblüten gemacht, die meinen Bademantel zierten, doch plötzlich sah ich mich für einen Moment von außen: Ich sah meine vollgekotzten Pantoffeln, meinen Stoppelbart und den seidenen Morgenmantel mit den Blüten über meinem verschlissenen Sommeranzug.

Die Madenbach hatte Eli entdeckt.

»Tomatensoße«, keifte sie. »Hast du Tomatensoße an deiner Nase? Und was machst du hier eigentlich? Du lässt dich hier durchfüttern, während meine Untertanen seit gestern den ganzen Ort nach dir durchkämmen und ich vor Sorge beinahe drei Herzinfarkte durchlitten hätte? Sieh mich an! Ich bin ganz faltig geworden vor lauter Angst, was deine Mutter dazu sagt, dass du mir abhandengekommen bist.«

Eli kam zögerlich hinter mir hervor. Die Madenbach nickte.

»Ganz recht. In dieser Lotterwirtschaft bleibst du nämlich nicht länger, Eleonore.«

Jetzt wandte sich Eleonore Madenbach zu mir und lächelte mich mitleidig an.

»Und Sie Armer«, sagte sie. »Was für ein seltsamer Zufall, dass wir uns unter diesen Umständen wiedersehen, nicht wahr? Ich habe Ihnen etwas mitgebracht.«

Sie beförderte einen Prospekt aus ihrer Tasche und nickte aufmunternd.

»Das ist ein Heim, ganz in der Nähe. Wie für Sie geschaffen«, wieder sah sie sich in der Küche um. »Jetzt wird alles gut. Sie werden dort alles finden, was Sie brauchen. In Ihrem … Zustand ist es sicher das Beste. Na, nun nehmen Sie schon! Und *bitte* bedanken Sie sich nicht bei mir, ich helfe doch gerne.«

Trotz ihrer wirren Haare, ihrer umschatteten Augen und ihres bekleckerten Gesichts machte Eli eine eindrucksvolle Figur. Sie mochte die Madenbach nicht, das war sicher. Sie starrte mir grimmig in die Augen, als wolle sie so etwas sagen wie: *Sag doch was! Nun wehr dich endlich! Du kannst dich doch von der nicht so behandeln lassen!* Doch ich sah die Blüten auf meinem Morgenmantel, ich spürte die warme, schleimige Nässe, die durch meine Pantoffeln sickerte, ich sah die hochgezogene Augenbraue von Eleonore Madenbach. Ich hängte den Kartoffelstampfer zurück an seinen Haken. Dann nahm ich den Prospekt entgegen. Elis Blick wich ich dabei aus.

»Ich wusste doch, dass wir uns gut verstehen würden«, sagte die Madenbach mit einem zufriedenen Lächeln.

Eli sah aus, als ob sie sich am liebsten noch einmal übergeben würde, aber es war nichts mehr in ihr drin, was sie hätte ausspucken können. Ich senkte den Kopf. Eli gab einen fauchenden Laut von sich, dann stapfte sie an Eleonore Madenbach vorbei zur Tür.

»Komm, Großmutter, wir gehen«, sagte sie.

15. Kapitel

Die Augenbraue. Ich hätte es wissen müssen. Ich hätte es von Anfang an wissen müssen. Wie sie sie beide hochzogen! Es war so offensichtlich und ich hatte es nicht bemerkt. Ich hatte überhaupt nichts bemerkt. Stattdessen hatte ich ihr vertraut. Ich hatte ihr geglaubt. Ich hatte ihr meine geheimsten Geheimnisse erzählt und genau die würde sie jetzt der Madenbach ausplaudern. Ihrer *Großmutter.* Ja, wahrscheinlich saßen die beiden in diesem Moment gemütlich zusammen und lachten darüber, was für ein armseliger Schwachkopf ich doch war. Was für ein *Würstchen.* Und mein alter Freund hatte alles mitbekommen. Ich schämte mich zutiefst vor Schmitt, der immer so stolz und aufrecht gelebt hatte.

»Du meinst sicher auch, dass ich ein Würstchen bin, nicht wahr, alter Freund?«

Schmitt antwortete nicht.

»Gib es ruhig zu. Du hast dich geschämt für deinen alten Kumpel.«

Schmitt blieb still.

»Nun siehst du, wie es in Wahrheit um mich bestellt ist.«

Schmitt schwieg.

Er hätte sagen können, dass er Recht behalten hatte, was Eli betraf. Dass er von Anfang an gewusst hatte, dass etwas mit ihr nicht stimmte. Dass ich niemandem vertrauen könne und schon gar keinem Menschen. Doch Schmitt sagte einfach gar nichts. Nicht einmal einer Antwort war ich mehr würdig.

Ich trat hinaus auf die Veranda. Eine stechende Kälte drang unerbittlich durch meinen Morgenmantel und den Sommeranzug. Ich ließ mich in den Schaukelstuhl sinken. Der Abendstern war natürlich nicht zu sehen. Ich blieb trotzdem dort und sah zu, wie die Dämmerung von allen Seiten auf mich zukroch. Die Nacht war jetzt so dunkel wie Holunderpudding. Es roch nach Herbst, dumpf und erdig. Bald würden die letzten Zugvögel sich auf ihre Reise machen und es würde still werden um meinen Bahnhof herum. Immerhin würden sie fort sein, wenn der Abriss begann. Das riesenhafte Gerät, mit dem Eleonore Madenbach gekommen war, war tatsächlich so ein Abrissding. Eine Art Bagger mit dem fahrbaren Untersatz einer Planierraupe, an dessen skelettartigem Kranarm ein riesiges Metallmaul mit Zähnen saß.

Ich zog meinen Morgenmantel fester um mich. Meine Füße in den feuchten Pantoffeln waren so eisig, dass die Zehen schmerzten. Ich dachte an den Zeitplan in meiner Hosentasche. Wie spät mochte es sein? Zeit für den Schlummertrunk? Oder schon für mein Abendgespräch mit Schmitt? Aber mein Zeitplan würde mich jetzt auch nicht retten. Ich war allein. Vollkommen allein. Alleiner ging es nicht. Die Kopfschmerzen waren wieder da, stärker noch als direkt nach dem Sturz. Wahrscheinlich hatte ich mir doch eine Kopfverletzung zugezogen, als ich auf den Gleisen gefallen war. Eine Gehirnerschütterung, einen Schädelbruch oder Schlimmeres. Ja, es war vermutlich nur eine Frage der Zeit, bis ich ins Koma fallen würde. Eli hatte mich umsonst von den Gleisen aufgelesen. Eli. Spioniert hatte sie. Für ihre *Großmutter.* Ich hielt noch immer den Prospekt in den Händen, doch jetzt knüllte ich ihn zusammen und warf ihn auf die Gleise. Ich hatte nicht vor, in ein Heim zu gehen. Ich würde hier sitzen bleiben. Sollten sie ruhig kommen und den Bahnhof abreißen und mich gleich mit. Es war alles so gekommen, wie es sollte. Feder hatte es so bestimmt. Heute, an meinem 81. Geburtstag, hatte mich die Vergangenheit eingeholt. Und die Vergangenheit war stärker als ich.

Inzwischen spürte ich meinen Körper kaum noch, auch der Schmerz war weg. Ich fühlte nichts. Ich wollte die Augen schließen, ein für alle Mal, da fiel mein Blick auf den Brombeerbusch. Seine dünnen Zweige und Ästchen hoben sich schwarz vom Himmel ab. Auf einmal spürte ich ein Kribbeln. Erst im Nacken und dann auch hinter den Ohren … dann kribbelte mein ganzer Kopf, mir wurde schwindelig und plötzlich war die Welt wieder still. Als ob jemand sämtlich Geräusche ausgestellt hatte und stattdessen dröhnte die Leere. Und dann sah ich ihn. Feder. Sein Gesicht, weiß und rund, erschien im Brombeerbusch schräg vor mir. Es leuchtete in der Dunkelheit. Feder sah mich an, aber diesmal hatte ich keine Angst. Anders als ich war Feder nicht gealtert. Sein Gesicht war glatt, seine Haare dunkelblond. Er war noch immer der Junge aus der Anstalt. Auf seinem Kopf trug er eine Krone aus Federn, ich sah sie trotz der Dunkelheit um uns herum. Die blaue Feder des Eichelhähers, daneben die gelbe des Erlenzeisigs, die gepunktete Handschwinge des Buntspechts, die braun gestreifte Feder des Jagdfasans und die rundlich schwarze der Nonnengans – und in der Mitte die leuchtend rote Steuerfeder des Gartenrotschwanzes. Feders Schatz. Seine dunkelblauen Augen waren freundlich und einladend, und ich versank in ihnen.

Ich war zehn Jahre alt. Es war mein drittes Jahr in der Anstalt. Ich hatte mich inzwischen an die kratzigen Waschlappen gewöhnt, mit denen wir uns jeden Morgen im eiskalten Waschraum von Kopf bis Fuß schrubben mussten. Ich weinte nicht mehr jeden Abend heimlich unter der Bettdecke. Ich wagte es, Made senior im Unterricht zu antworten, wenn er eine Frage stellte. Und wenn wir am Nachmittag die Wege vor der Anstalt harkten, freute ich mich beinahe darauf, ein bisschen Ruhe zu haben. Einfach nur zu harken und dabei meinen Gedanken nachzuhängen.

An einem dieser Nachmittage, es war ein klarer Tag im März und wir schippten die letzten Reste des braunglitschigen Schnee-

matsches von den Wegen, kam ein Wagen direkt vor das Anstaltsgebäude gefahren, groß und weiß. Er sah teuer aus und vornehm. Das waren wir zwar gewohnt, denn wir alle kamen ja aus sehr gutem Hause, doch es war kein uniformierter Chauffeur, der ausstieg, sondern eine Frau. Sie trug einen langen Wollmantel. Er war bunt bestickt und diese Stickereien leuchteten so fröhlich, dass sie sofort vollkommen fehl am Platz wirkte. Wir hielten beim Schippen inne und starrten die Frau an. Sie ging um das Auto herum, öffnete die hintere Tür und heraus kam ein Junge. Er trug einen dunklen Mantel, doch seine Mütze war ebenfalls bunt bestickt, und in einem seiner Knopflöcher steckte eine kleine rote Feder. Sein Kopf schien eigenartig groß für seinen Körper und seine Bewegungen waren langsam, leicht tapsig. Das reichte. Ewald der Lange und ein paar andere von den Größeren hatten sofort bemerkt, dass an diesem Jungen etwas anders war.

Seine Mutter bückte sich, sprach ein paar leise Worte zu ihm und gab ihm einen Kuss. Ich spürte einen Stich in der Mitte meines Körpers und dann fühlte es sich an, als würde mein Inneres von einem warmen Säbel zerteilt. Ich wollte die Frau von dem Jungen wegreißen, doch es war zu spät. Sie hatte sein Urteil unterzeichnet. Die anderen grinsten hämisch. Die Frau in dem Mantel bemerkte nichts. Sie stieg die Stufen zum Anstaltstor hoch; als sie oben war, wandte sie sich um und lächelte ihren Sohn noch einmal an. Dann war sie weg und die Jungen umringten den Neuen und lachten und sagten Dinge mit rauen Stimmen. Ich verstand sie nicht, doch ich wusste, was sie sagten. Sie machten es mit allen Neuen. Die meisten begannen nach einer Weile zu weinen. Einige pinkelten vor Angst in die Hose. Und einige wenige wehrten sich. Die, die sich wehrten, wurden in den Kreis von Ewald dem Langen aufgenommen. Doch es waren nicht sehr viele, die das wagten.

Der Neue mit der Mütze tat gar nichts. Er weinte nicht. Er pinkelte nicht. Er wehrte sich nicht. Soweit ich es sehen konnte, stand er einfach da und sah sie an. Ein bisschen sah es sogar so aus, als würde er grinsen, aber da musste ich mich täuschen.

Nach einer Weile hatten die Jungen genug. Sie murmelten Schimpfwörter und Drohungen, Ankündigungen, was sie in den nächsten Tagen und Wochen mit ihm anstellen würden, während sie sich zerstreuten.

Doch dann hatte Ewald der Lange einen Einfall. Er sprang zurück und riss dem Neuen die Mütze vom Kopf. Ein paar Jungen atmeten hörbar ein, denn dieser Junge sah wirklich merkwürdig aus. Sein großes Gesicht war ganz weiß. Sein Haar war blond, strähnig hing es ihm bis über die Ohren, und die Augen saßen seltsam schräg in seinem Gesicht. Es sah aus, als ob er schielte. Sein Mund stand leicht offen und er grinste.

»Der ist schwachsinnig!«, brüllte einer und dann lachten sie los. Sie warfen einander die Mütze zu, hin und her über den ganzen Hof. Der Neue sah ihnen zu und rührte sich nicht. Es sah beinahe schön aus, wie die bunte Mütze durch die Luft wirbelte. Sie war das erste wirklich Bunte, das ich seit ich weiß nicht wie vielen Monaten gesehen hatte. Der Anblick ließ mich meinen Kummer für einen Moment vergessen, ich sah nur das farbenfrohe Wirbeln und hörte das aufgeregte Lachen der anderen.

Doch dann fiel die Mütze zu Boden, mitten in eine Pfütze aus geschmolzenem Schneematsch, und Ewald der Lange war sofort da und trat mit seinem Stiefel darauf. Er bewegte seinen Fuß hin und her, bis die Mütze tief im nassen Dreck versunken war. Dann hob er sie auf, ein triefendes, braunes Etwas, und setzte sie dem Neuen auf den Kopf. Die anderen johlten. Doch der Neue tat nichts und nach einer Weile hatten die anderen genug. Ihnen wurde langweilig, weil sich der Neue so überhaupt nicht regte, und außerdem würde Made senior sicher bald in Hörweite kommen, wenn er die Mutter des Neuen zurück zum Auto begleitete. Als langsam wieder Ruhe eingekehrt war und alle wieder Schneematsch schippten, näherte ich mich vorsichtig dem Jungen. Sein Gesicht war wirklich seltsam. Doch aus der Nähe sah ich, dass er doch nicht so teilnahmslos war, wie er aus der Ferne gewirkt hatte. Seine Augen sahen traurig aus.

»Du«, sagte ich leise, »komm.«

Ich wusste nicht, warum ich das sagte. Ich hatte nicht vorgehabt, den Helden zu spielen. Ich war froh gewesen, dass Ewald und seine Rotte mich für einen Moment vergessen hatten. Und doch ging ich langsam um die Anstalt herum und vergewisserte mich mit kurzen Blicken über die Schulter, dass der Neue mir auch wirklich folgte.

Jetzt waren wir an der Hintertür angekommen. Dort war die Waschküche. Ein paar Frauen aus dem nahe gelegenen Dorf arbeiteten hier und sorgten dafür, dass wir regelmäßig frische Bettwäsche, Handtücher und Tischdecken bekamen. Ihr Arbeitsplatz war mein liebster Ort in der Anstalt. Hier war es warm. Und hell. Geschäftig und laut miteinander schwatzend wuchteten die Frau-

en die Berge an Wäsche, die wir jeden Tag produzierten, durch die Gegend. In Körben und riesigen Bottichen lag sie, in denen heißes, graues oder noch schaumweißes Wasser blubberte. Die Frauen mochten uns Anstaltsjungen nicht. Im Gegensatz zu ihnen würden wir nie arbeiten müssen. Wir waren in ihren Augen reiche, verzogene Bälger, die die Gunst ihrer Geburt nicht einmal nutzten, sondern dämlich genug waren, an solch einen Ort geschickt worden zu sein. Doch ein-, zweimal hatten sie mich hineingelassen, wenn ich vom Strafdienst vollkommen verfroren war. Ich hatte mich zwischen ihren Kesseln aufwärmen dürfen, wenn ich versprach, auch ja nichts anzurühren.

Und nun stand ich mit dem neuen Jungen vor ihrer Tür. Sie ließen uns sofort hinein und umringten den Neuen. Eine der Frauen nahm sich seine Mütze vor. Eine andere strich ihm über den Kopf und sagte unablässig »Dieser arme Junge.« Der Neue starrte die Bottiche mit dem dampfenden Wasser und die zischenden Bügeleisen an, und die Frauen in ihren weißen Gewändern, mit ihren gestärkten Hauben auf dem Kopf. Wie kleine Tauben, die auf ihren Haaren gelandet waren, sahen sie aus. Dann sah er mich an und lachte. Es war ein seltsames Lachen, unbändig und laut. So ein Lachen hatte ich noch nie zuvor gehört. Es machte mir ein bisschen Angst. Als wir die Waschküche verließen, hatte der Neue rote Wangen in seinem weißen Gesicht und seine Mütze war sauber und trocken und leuchtete wie neu. Der Junge lachte mich an. »Dahhh-ke«, sagte er.

16. Kapitel

Ich arbeitete wie besessen, die ganze Nacht. Die Werkzeuge fand ich in der untersten Schublade des großen Schranks im Arbeitszimmer. Ich hatte lange nicht an sie gedacht und sie selbst nie benutzt – aber ich hatte oft genug dabei zugesehen. Ich hoffte, dass dieses Zusehen mir jetzt helfen würde. Es *musste* klappen, ich hatte keine andere Wahl. Also schnitzte ich und walzte, formulierte und grübelte, arbeitete mit Schwämmchen, Pinsel und Tinte – sogar meine alte Schreibmaschine kramte ich hervor. Das Schwierigste war es, den richtigen Farbton hinzukriegen. Natürlich gab es für so etwas eigene Lösungen und Chemikalien, aber solche Dinge besaß ich nicht und so musste ich improvisieren. Ich kochte mehrere Kannen Earl Grey und ließ ihn mal länger und mal kürzer ziehen, so dass ich bald eine ganze Palette verschiedener Brauntöne in Tassen und Gläsern auf meinem Schreibtisch stehen hatte. Dann machte ich Papierproben und während sie trockneten, kümmerte ich mich um den Stempel. Ich zeichnete den offiziellen Rathausstempel ab, der auf dem Brief von Eleonore Madenbach prangte, und schnitzte ihn dann in eine alte Schuhsohle, die ich unter meinem Bett gefunden hatte. Es war nicht einfach und meine Hände zitterten vor Aufregung. Später bestrich ich mit dem Tee, der das beste Ergebnis erzielt hatte, ein Blatt Papier, so dass es aussah, als hätte es 41 Jahre in einem Aktenschrank gelegen. Es war eine Riesenkleckerei. Beim Zusehen hatte das alles immer so mühelos ausgesehen, aber jetzt, wo ich selbst die Werkzeuge führte, merkte ich, wie kompliziert es war.

Als ich das fertige Dokument zum Trocknen an eine Schnur neben den Ofen gehängt hatte, ging ich hoch ins Badezimmer. Jetzt würde ich mir den *komischen Kauz* vorknöpfen. Diesen Typen mit dem Stoppelbart, dem zerlumpten Anzug, den vollgekotzten Pantoffeln und dem seit Tagen ungekämmten Haar. Mich selbst.

Behutsam nahm ich die tote Spinne aus der Badewanne, öffnete das Fenster und pustete sie von meiner Handfläche in die Dunkelheit. Dann ließ ich mir ein Bad ein. Ein heißes, schaumiges Vollbad. Mit Rosenduft. Rosenduft mochte ich zwar nicht besonders, aber es war der einzige Badezusatz, den ich besaß. Ich hatte ihn vor zehn Jahren versehentlich bestellt und die Flasche war noch immer nicht leer. Jetzt rannen die letzten Tropfen in die Wanne.

Ich lag lange im heißen Wasser. Die Schramme an meinem Knie, die ich mir bei meinem Sturz auf den Gleisen zugezogen hatte, brannte, doch der Schmerz ließ bald nach. Meine müden Gelenke, meine blauen Flecken, die Kälte, alles schien im warmen Wasser besser zu werden und ich fühlte mich herrlich geborgen. Onkel Wetterquist fiel mir ein, wie er mir damals erzählt hatte, dass er in der Badewanne immer pupste. Wie kolossal lustig es sei, wenn diese kleinen Blubberbläschen aus dem Wasser an die Oberfläche stiegen, zerplatzten und dort ihren *einmaligen Geruch* verbreiteten. Ob ich das auch einmal versuchen sollte? So ein bisschen fühlte es sich schon so an, als ob bei mir etwas quer saß. Ein kleines Lüftchen oder zwei.

Winde lassen, müsst ihr wissen, war bei mir zu Hause streng verboten gewesen. Das war auch so eine Sache, die die Erwachsenen mit Vorliebe taten, wenn sie sich ungestört fühlten, die mir aber untersagt war. Dadurch bekam ich mehrmals solche Bauchschmerzen, dass meine Mutter den Doktor rufen musste. Doch als er sie, nachdem er wieder einmal meinen Bauch abgetastet hatte, merkwürdig ansah und sagte: »Mehr Winde, das Kind muss mehr Winde lassen, Ihre Erlaucht«, schickte sie ihn entrüstet weg.

Und so habe ich bis heute gelegentlich Bauchschmerzen, weil ich es einfach nicht schaffe, mehr Winde zu lassen. Aber nun sollte sich das ändern. Ich strengte mich an, aber das half nicht. Ich versuchte, mich zu entspannen, aber auch das gelang mir nicht. Dann dachte ich an Onkel Wetterquist und wie er stets gesagt hatte »Winde im Wasser, lieber Eberhart, das ist die

Königsdisziplin!«. Ich dachte an sein blubberndes Lachen, das darauf folgte. Und plötzlich klappte es. Es sprudelte, es bribbelte, es brabbelte, ja, es blubberte nur so aus mir heraus. Die Blasen stiegen hoch an die Wasseroberfläche, wo sie zerplatzten, und plötzlich füllte ein schrecklicher Geruch den Raum. Furz vermischt mit Rosenblüten. Königsdisziplin.

DER NACHTBLAUE ANZUG hing unberührt in meinem Kleiderschrank, gleich neben meinem Winteranzug aus Tweed, den ich seit sechs Jahren in der kalten Jahreszeit trug. Als ich euch vorhin erzählte, dass die marmeladenroten Samtpantoffeln das Einzige aus dem ganzen Besitz meiner Eltern waren, was ich behalten habe, ist das nicht die ganze Wahrheit gewesen. Es gibt auch diesen Anzug. Es ist ein schöner Anzug. Sehr elegant. Aus Schurwolle. Schmal geschnitten und trotzdem komfortabel. Er sah nicht aus, als ob mein Vater ihn jemals getragen hätte, trotzdem hatte ich es bisher nicht über mich gebracht, ihn anzuziehen. Aber jetzt war es so weit. Ich stieg in die Hose und sie passte perfekt, ich brauchte nicht einmal einen Gürtel. Ich suchte ein passendes Hemd aus und zog das Jackett über. Auch das saß, wie für mich geschneidert.

Ich rasierte mich schnell und gründlich. Es tat gut, die Stoppeln loszuwerden. Nach der Rasur betrachtete ich mich im Spiegel. Jetzt sah ich gestriegelter aus. Ordentlicher. Aber es war doch mein gutes, altes Gesicht. Meine lange Nase, deren Spitze sich im Laufe der Jahre ein bisschen nach rechts gebogen hatte. Meine hellen Augen, mein Mund, den ich viel zu oft nicht aufbekommen hatte. Und doch war etwas anders. Ich stand nicht gekrümmt, wie ich es sonst meistens tat, wenn ich nicht darauf achtete. Mein Kopf saß gerade auf meinen Schultern und mein Blick war ein anderer. Er war irgendwie stolz. Und geradeaus. Ich sah mich an und ich dachte an all die Fehler, die ich in den letzten Jahrzehnten und auch in den letzten Tagen und vielleicht sogar Stunden gemacht hatte, aber ich sah nicht verlegen zur Seite. Ich hatte Fehler gemacht. *O-keh.* Jetzt war nicht die Zeit, darüber zu lamentieren.

Und dann spürte ich etwas, das schon die ganze Zeit in mir geglommen hatte – seitdem ich den Brief von Eleonore Madenbach auf meiner Veranda gefunden hatte. Es fühlte sich heiß an und saß irgendwo in der Magengegend und in der Speiseröhre, ein bisschen auch an den Haarwurzeln. Ich hatte das Gefühl nicht sofort erkannt. Doch jetzt wusste ich, was es war. Es war Wut.

Wut auf meine Eltern, die mich fortgeschickt hatten, Wut auf die schreckliche Familie Madenbach und Wut auf meinen Zeitplan. Auf dieses vermaledeite Stück Papier, das mich vollkommen unter seiner Kontrolle hatte. Doch vor allem, das spürte ich brennend und jäh, war es Wut auf mich selbst. Denn ich hatte mir all diese Dinge die ganze Zeit gefallen lassen. Ich hatte den Zeitplan selbst geschrieben und war die ganze Zeit damit beschäftigt gewesen, ihn einzuhalten. Ich hatte mich eingemottet. Zwanzig Jahre lang. Zwanzig Jahre! Das waren 7300 Tage!

Die Wut strömte durch meinen ganzen Körper, bis sie in

der Spitze meines äußersten Zehs angekommen war – und dann erstarrte sie und wurde zu Mut.

Das einzige Paar Schuhe, das ich besaß, waren abgetragene Arbeitsstiefel. Mit ihnen war ich um die Welt gereist, hatte auf schwankenden Schiffen und in schmutzigen Spelunken gearbeitet. Ich hatte die Stiefel seit Jahrzehnten nicht mehr getragen und keine Ahnung, wo sie hingekommen waren. Schließlich fand ich sie in der hintersten Ecke meines Arbeitszimmers, zwischen mehreren brusthohen Bücherstapeln, gerade, als der Morgen graute. Sie passten noch immer und ich schnürte sie fest zu. In der Küche trank ich einen Schluck Wasser. Schmitt lag noch immer schweigend auf seinem Teppich vor dem Ofen. Normalerweise hätte er längst einen Kommentar zu meinem Aufzug abgegeben. *Wohin des Weges, feiner Pinkel?* oder *Auferstanden aus Ruinen, der Herr Graf?* – so etwas in der Art. Aber Schmitt schwieg. Und daran, das wusste ich mit einem Mal, würde ich mich gewöhnen müssen.

17. Kapitel

Ich hörte es schon von der Veranda aus: das schrille Gezwitscher der Querflöten, das nervöse Brammeln der kleinen Trommeln, das überdrehte *Plinge-di-pläng* des Glockenspiels und den dumpfen Rhythmus der Marschtrommeln, immer wieder unterbrochen vom *Tschänggg!* der Becken. Es war ein grauer Morgen. Regen fiel in dünnen Fäden auf die Gleise. Das Holz der Bohlen war glitschig und auch die Schienen glänzten. Kein Wetter zum Fliegen. Zum Glück hatte ich im Hinausgehen meinen alten Hut auf dem Fensterbrett entdeckt, seine breite Krempe schützte meinen Anzug halbwegs. Ich krempelte die Hosenbeine hoch und bald glänzten auch meine Stiefel wie frisch geputzt.

Ich folgte den Gleisen, bis ich auf der Höhe des Vereinshauses war. Dann bog ich nach links ab und schlug mich zwischen ein paar Holunderbüschen hindurch. Die Straßen waren leer. Sämtliche Bewohner des kleinen Ortes an der stillgelegten Bahnstrecke waren auf der Festwiese, wo gerade der Spielmannszug ankam. Ich schlich mich so nah heran, wie ich es riskieren konnte, ohne gesehen zu werden, und verbarg mich hinter dem dicken Stamm einer alten Eiche.

Die Dorfbewohner hatten sich auf der Wiese vor dem Vereinshaus versammelt. Sie trugen durchsichtige Regenhäute und darunter dunkelgrüne Uniformen mit allerlei klimpernden Orden, funkelnden Ansteckern und Abzeichen, goldenen und silbernen Ketten. Am prächtigsten geschmückt war die kleine, kompakte Person, die sich nun vor der Menge aufbaute. Ihren braunen Fellanzug hatte sie gegen einen dunkelgrünen aus Filz getauscht. Auf ihrem Kopf saß ein Jagdhut, um den Hals trug sie eine schwere goldene Kette. Das war die Königskette, mit dem goldenen Wildschwein als Anhänger. Sie trug keine Regenhaut. Neben ihr stand ein junger Mann und hielt einen kleinen schwarzen Regenschirm über ihren Kopf.

Ihr solltet wissen, dass alle Bewohner des kleinen Ortes an der stillgelegten Bahnstrecke Mitglieder im Schützenverein sind. Jeden Samstag und Sonntag schlüpfen sie in ihre Uniformen und versammeln sich im Vereinshaus, um dort zu schießen. Auf Zielscheiben, Tiere aus Ton oder Holz und solche Dinge. Dann trinken sie Kaffee und essen Butterkuchen und schießen noch eine Runde oder zwei, und am Ende gibt es Schnaps. Im Frühling und Herbst ist Schützenfest. Schon die Kinder treten in den Verein ein, sie haben kleine Uniformen und kleine Gewehre. Die höchste Auszeichnung ist die *Große Königswürde.* Und die Titelverteidigerin, die *Große Königin* der Saison, war Eleonore Madenbach.

Sie hielt gerade die Eröffnungsrede. Die Dorfbewohner lauschten ergriffen. Etwas abseits stand Eli, sie trug ihre übliche Kleidung und lehnte an einem Baum. Sie kaute an einer Haarsträhne und sah dem Schauspiel mit teilnahmsloser Miene zu.

Eli. Diese kleine Lügnerin und Verräterin und möglicherweise sogar Spionin, die aller Wahrscheinlichkeit nach *Eleonore Madenbach* hieß und damit nichts anderes war als *Made junior junior.* Doch darum konnte ich mich jetzt nicht kümmern. Ich musste Ruhe bewahren. Zuerst schossen die Kinder, auf große Papptafeln mit Rehen und Hasen. Dann waren die Junioren dran. Ich blinzelte durch die Regenfäden und fühlte gelegentlich, ob das Papier noch an seinem Platz in meiner Jackentasche war. Eli lehnte ebenso regungslos an ihrem Baum wie ich. Sie sah fast ein bisschen einsam aus, wie sie da stand. Fast tat sie mir leid. Aber nein. Sie war eine Verräterin. Eine Spionin im Auftrag ihrer Großmutter. Was für eine Familie!

Als hätte Eli die Wucht meiner Gedanken gespürt, drehte sie ihren Kopf. Unsere Blicke trafen sich. Ich versuchte, sie möglichst verächtlich anzusehen. Eli zog eine Augenbraue hoch, dann blickte sie demonstrativ weg und sah wieder zu den Schützen.

Endlich, nach weiteren drei Ewigkeiten im Nieselregen, war es so weit. Die Königsdisziplin. Dazu wurde von mehreren

Männern eine prächtig bemalte Holzscheibe auf einem Gestell herangefahren und in einiger Entfernung von den Schützen auf der Wiese aufgestellt. Einer nach dem anderen traten die Schützen vor. Auf die Scheibe war ein Keiler gemalt, in Ölfarben, ein riesiges Wildschwein mit Furcht einflößenden Stoßzähnen, und um den Keiler herum rankten sich Hasenpfoten und Fuchsköpfe. Die Große Königin schoss als Letzte. Mit kleinen festen Schritten stapfte sie zum Schießstand und brachte sich in aller Ruhe in Position. Bevor sie ihr Auge an die Zielvorrichtung ihres Gewehrs hielt, sah sie mit einem siegessicheren Lächeln auf ihre Untertanen.

Der Leiter des Spielmannszugs machte einen Schritt vor und rief: »Die Große Königin schießt!«

Es wurde still. In diesem Moment hörte es auf zu regnen. Die Wolken schoben sich auseinander, so dass ein paar Sonnenstrahlen auf die Wiese trafen. Die Regentropfen im Gras und auf den Regenhäuten der Schützen glitzerten.

»Erster Schuss!«

Eleonore Madenbach hatte ihre ganze Konzentration auf den Keiler gerichtet. Ihr Gewehr hielt sie mit einer solchen Leichtigkeit, als wäre es ein Körperteil, ein dritter Arm oder so. Sie schoss, ohne zu zögern, und traf ins linke Auge des Keilers, mitten hinein in die Pupille. Der Hofstaat brach in Jubel aus, Mützen flogen in die Luft, doch Eleonore Madenbach achtete nicht darauf. Sie brachte sich erneut in Position.

»Die Große Königin schießt! Zweiter Schuss!«, rief der Ansager.

Zum zweiten Mal traf sie die Pupille. Jubel. Eleonore Madenbach gestattete sich ein kleines Lächeln, doch ihr Blick wurde gleich wieder ernst. Sie machte sich für den dritten Schuss bereit.

Eli blickte in Richtung ihrer Großmutter, doch ich spürte, dass sie mich aus dem Augenwinkel heraus beobachtete. Jetzt. In meinem Magen prickelte es noch stärker als zuvor, doch ich legte die Hand auf meine Jacketttasche und spazierte auf die Gesellschaft zu. Ein Raunen ging durch die Menge, als mich die ersten Dorfbewohner entdeckten. Es waren fast alles unbekannte Gesichter, nur hier und da entdeckte ich ein paar Ältere, an die ich mich vage erinnerte. Die, die mich gesehen hatten, stupsten ihre Nachbarn an. Einer nach dem anderen wendete den Blick von Eleonore Madenbach ab und beäugte mich. Am Ende hatten mich nur der Ansager und Eleonore Madenbach noch nicht bemerkt.

»Die Große Königin schießt!«, rief der Ansager. »Dritter Schuss!«

Genau in diesem Moment räusperte ich mich laut und sagte: »Bitte, bitte, lassen Sie sich von mir nicht stören.«

Eleonore Madenbach sah mich, doch ihr Finger war bereits in Bewegung. Sie drückte ab. *Peng!* Daneben. Um mindestens zehn Zentimeter hatte sie die Königsscheibe verfehlt. Fluchend stellte Eleonore Madenbach ihr Gewehr ab.

»Die Große Kö–«, begann der Ansager zögerlich.

»Ach, die *Große Königin*«, unterbrach ich ihn freundlich. »Sie sind gerade dabei, Ihren Titel zu verteidigen? Wie aufregend.«

Ich zog das Papier aus meiner Jacketttasche. »Ich will Ihr kleines Ritual nicht weiter stören, aber ich habe da etwas für Sie, das Sie interessieren dürfte.« Umständlich entfaltete ich das Papier.

Eleonore Madenbach stapfte auf mich zu, das Gewehr in der Hand. Sie versuchte, ihre Wut unter einem Lächeln zu verbergen. »Sie können es wohl nicht erwarten, endlich ins Heim zu ziehen.« Ihre Stimme klang künstlich. Sie stand jetzt ganz dicht vor mir. Doch ich wich ihrem Blick nicht aus. Ich blieb aufrecht stehen. Die *Große Königin* musste ihren Kopf in den Nacken legen, um zu mir hochzusehen. Die Dorfbewohner bildeten einen Kreis um uns. Da drängelte sich Eli zwischen ihnen hindurch und sah mich erwartungsvoll an. Die Spitzen ihrer Ohren lugten zwischen ihren Haaren hervor und leuchteten rot. War sie etwa … aufgeregt?

»Nein, nein«, sagte ich. »Es ist etwas anderes. Sie haben doch nichts dagegen, wenn wir das rasch hier erledigen?« Ich wartete ihre Antwort nicht ab. »Bei den Plänen für das Bahnhofsgelände ist Ihnen ein kleiner Fehler unterlaufen. Sehen Sie? Hier.«

Ich hielt Eleonore Madenbach das Papier hin. Das Papier, an dem ich die ganze Nacht gearbeitet hatte. Es war leicht zerknittert und vergilbt und sah beinahe hochoffiziell aus, mit Stempeln, Unterschrift und Pipapo.

»Ich bin seit einundvierzig Jahren der rechtmäßige Besitzer des Bahnhofs samt Grundstück. Das ist die Urkunde. Abgestempelt und unterschrieben. Hat alles seine Ordnung«, sagte ich vielleicht etwas zu schnell.

Eli sah mich verblüfft an. Dann erschien ein Grinsen auf ihrem Gesicht. Von einem Ohr zum anderen und wären nicht die Ohren gewesen, das Grinsen hätte über die ganze Wiese bis hin zu den Stufen meiner Veranda gereicht. Die Dorfbewohner tuschelten. Einige der Älteren sahen mich neugierig an. Vor allem eine betagte Dame, die statt der Schützenuniform ein schwarzes Kostüm trug und, auf einen schwarzen Gehstock gestützt, etwas abseits stand. Katzenbeißer. Hedwig. Sie war es tatsächlich, jetzt erkannte ich sie. Ich nickte ihr unmerklich zu und unmerklich nickte sie zurück.

»Fehler?«, wiederholte Eleonore Madenbach und schüttelte ungläubig den Kopf. Ein paar Regentropfen lösten sich von dem Schirm, den der Schirmträger noch immer über sie hielt. »Besitzurkunde? Das kann nicht sein. Ich habe alles gewissenhaft geprüft.«

»Leider«, sagte ich, »wohl nicht gewissenhaft genug.«

Eli blickte wachsam von ihrer Großmutter zu mir und zurück. Eleonore Madenbach riss mir das Papier aus der Hand, überflog es und sah es sich von allen Seiten genau an. Ich wagte kaum zu atmen. Dann schnupperte sie. Mir wurde schwindelig. Einen fürchterlichen Augenblick lang sah es so aus, als wolle sie an dem Papier riechen, doch dann lächelte Eleonore Madenbach nur wissend. »Gut, Herr von Eberharthausen. Sie sind also hier mit einem alten Papier aufgetaucht. Sie glauben, in Ihrem feinen Anzug und mit Ihrem umständlichen Gerede können Sie uns beeindrucken. Aber sehen Sie, falls das Dokument tatsächlich echt sein sollte, wird sich natürlich eine Kopie davon im Rathausarchiv befinden. Da werden Sie mir sicherlich zustimmen.«

In ihren Augen war etwas Lauerndes. Es erinnerte mich an etwas …

Es war der Tag, an dem Feder in die Anstalt gekommen war, der Neue mit seiner bunt bestickten Mütze. Wir traten aus der Waschküche und da stand Made junior. In ihrem braunen Mantel, mit einem Buch unter dem Arm. Sie hatte vor der Tür gewartet. Wir stolperten geradewegs in sie hinein.

»Das dürfte meinen Vater interessieren«, mehr sagte sie nicht. Mehr war auch nicht nötig.

So lernte Feder schon an seinem ersten Tag die Strafkammer kennen. Seitdem habe ich ihn nie wieder ein Wort sagen hören. Und das hatte er allein mir zu verdanken.

Dann war ich wieder zurück auf der Festwiese. Doch mein Mut war weg. Vollkommen, ganz und gar verschwunden. Was hatte ich mir nur gedacht? Hatte ich wirklich geglaubt, ich könne es mit ihr aufnehmen? Hatte ich geglaubt, ein Bad in Rosenduft, ein neuer Anzug und eine gefälschte Besitzurkunde würden meinen Bahnhof retten? Vor Eleonore Madenbach?

»Sie müssen verstehen, dass ich das persönlich überprüfen werde. Gleich morgen, nach der … *Krönung*«, Eleonore Madenbach sah sich mit säuerlicher Miene um. Dann gab sie mir das Dokument zurück. »Und für den Fall, dass *Ihnen* ein kleiner Fehler unterlaufen sein sollte: Unser großzügiges Angebot, Sie bei der Suche nach einem Platz in einem netten Heim zu unterstützen, steht natürlich noch immer.«

Eleonore Madenbach schulterte ihr Gewehr, nahm Eli mit einem harten Griff am Arm und zog sie mit sich ins Vereinshaus. Einer nach dem anderen folgten ihnen die Untertanen. Ich blieb allein zurück.

18. Kapitel

Als ich am Bahnhof ankam, wurde es schon wieder dunkel. Ich holte meinen Spaten, der an der Rückseite des Anbaus lehnte, und spazierte damit vor meinem Bahnhof hin und her. Zwischen Schienen und der Veranda war genug Platz. Auf der Höhe meines Arbeitszimmerfensters hielt ich inne. Hier, in der Nähe des Brombeerbusches, hier war der richtige Ort. Ich holte tief Luft und stieß den Spaten in die Erde.

Ich hatte geglaubt, es würde schnell gehen. Als ich das letzte Mal mit einem Spaten gearbeitet hatte, war es ganz leicht gewesen. Wie durch Butter war er ins Erdreich gedrungen und mühelos hatte ich eine Schippe Erde nach der anderen auf meine Schubkarre befördert. Aber das war lange her. Damals war ich ein junger Mann gewesen. Jetzt sah die Sache etwas anders aus. Nach einer Stunde hatte ich ein jämmerlich flaches Loch vom Durchmesser eines kleinen Waschbeckens ausgehoben. Ich musste eine Pause machen und mich stärken. Mit leerem Magen würde ich das Grab niemals fertig bekommen.

ICH ZÜNDETE NUR die Kerze auf der Fensterbank an, den Rest der Küche ließ ich im Dunkeln. Jede Faser meines Körpers tat mir weh. Ich hatte mir gerade ein Glas Wasser aus dem Hahn eingelassen und war auf das Sofa gesunken, da klopfte es an der Küchentür.

Ich reagierte nicht und es klopfte wieder. Dann ein drittes und ein viertes Mal. Schließlich kam Eli einfach herein, ohne dass ich geantwortet hätte. Ihr nasses Haar hing ihr strähnig ins Gesicht. Meinem Blick wich sie aus. Ich wollte irgendwas Unfreundliches zu ihr sagen, doch meine Kraft reichte nicht. Nicht einmal ein *Örp* brachte ich heraus.

Eli zog die Tür hinter sich zu. Dann stand sie eine ganze Weile da und sagte nichts. Es wirkte fast so, als schämte sie sich. Sie sah überhaupt nicht so aus wie die Eli, die ich kennengelernt hatte. Nicht ein klitzebisschen.

Nach ein paar sehr langen Minuten sah sie mir endlich ins Gesicht. An ihrer Nase prangte noch immer der kleine Fleck Tomatensoße.

»Wieso … stellst du dich … tot«, piepte sie.

Sie sah so unglücklich und verzagt aus, dass ich es nicht mehr aushielt, obwohl ich noch immer stinkwütend auf sie war.

»Ich stell mich nicht tot«, sagte ich.

Wamm! Etwas Struppiges rammte gegen mein Gesicht.

»Ach, Graf«, rief sie. »Du bist nicht mehr sauer?«

Eli war mir um den Hals gefallen. Ihre Haare waren überall, selbst in meiner Nase kitzelten sie.

»Du bist ganz nass«, sagte ich und machte mich von ihr los.

Ich war noch nie von jemandem umarmt worden. Und natürlich war ich noch sauer, was dachte *sie* denn! Aber Eli schien wohl zu glauben, dass wir uns vertragen hatten. Jedenfalls begann sie, Holz aus dem großen Korb zu klauben und im Ofen zu stapeln. Als schließlich ein kleines Feuer flackerte, setzte sie sich neben Schmitt auf den Teppich. Eine Weile kraulte sie sein braunes Fell, dann beugte sie sich zu ihm hinunter und verbarg ihr Gesicht an seinem Hals.

»Lass ihn, er mag das nicht!«, herrschte ich sie an.

Erschrocken sah sie zu mir hoch. Einen Moment lang sah sie ganz klein aus, unsicher und verletzt. Dann sprang sie auf und sah mich zornig an. »Ach ja? Und woher weißt du das? Hat er dir das etwa gesagt?«

»Ich weiß es einfach. Ich kenne Schmitt.«

»Ich kenne ihn auch!«

»Aber ich kenne ihn besser!«

Ich war jetzt blitzwütend. Ich starrte Eli an und sie starrte zurück. Wenn in diesem Moment eine Motte in unsere Blicklinie geraten wäre, wäre sie auf der Stelle tot zu Boden gefallen. Mit versengten Flügeln.

»Ich bin so was von stinkwütend auf dich! So was von sauer! Ich bin … geladen!«, rief ich. »Und außerdem kenne ich

Schmitt tausendmal besser als du!« Ich zitterte jetzt und mir war ein bisschen schlecht.

Eli schwieg. Dann nickte sie. »Und ich bin auch wütend auf dich«, sagte sie. Ihre Stimme war ganz ruhig.

Moment mal. Eli? Wütend? Auf mich? Wieso denn das! Ich war es ja wohl, der allen Grund dazu hatte, ihr bis auf alle Ewigkeit nachzutragen, dass sie mich hintergangen und ausgenutzt hatte und was weiß ich noch alles. Aber sie? Auf mich?

»Wieso bist du mir denn böse?«

»Wenn du das nicht weißt …«, sagte Eli und machte ihr gelangweiltes Gesicht. Das machte mich noch wütender.

»Weil du durch mich gemerkt hast, was für eine verlogene kleine Kanaille du bist?«

Ich hatte gar nicht gewusst, dass ich so gemein sein konnte.

Eli schnaubte empört. »Weil du dich selbst belügst, wie wäre es damit? Weil du so damit beschäftigt bist, dir selbst leidzutun, dass du keinen Schimmer hast, wie es anderen vielleicht gehen könnte? Dass es ihnen überhaupt irgendwie gehen könnte? Weil du viel stärker bist, als du es dir die ganze Zeit einredest? Weil du das alles hier«, Eli machte eine große Geste, als wolle sie nicht nur die Küche, sondern meinen gesamten Bahnhof mit ihren Armen umfassen, »weil du den schönsten Bahnhof, den es gibt, einfach aufgeben willst, nur wegen einem bekloppten Brief? Weil du dir von meiner Großmutter einreden lässt, ein *Würst*–«

»Aber du«, unterbrach ich sie, »du hast mich belogen.« Jetzt war ich es, der ganz ruhig war. »Und jetzt ist wohl die Zeit gekommen, mir die Wahrheit zu sagen, Eleonore. Meinst du nicht?«

Eli senkte den Kopf. Doch sie nickte. »*O-keh.* Aber nur die Kurzform. Wir haben nicht viel Zeit.«

Und dann erzählte Eli. Sie erzählte, dass sie ihre Großmutter vor drei Wochen zum ersten Mal gesehen hatte. Dass sie mitgehört hatte, wie die Madenbach mit ein paar Typen darüber sprach, dass sie sich vor dem Abriss des alten Bahnhofs um den *komischen Kauz* darin schon kümmern werde. Von wegen Heim und so. Bei dem *komischen Kauz* sah Eli mich entschuldigend an, aber ich winkte ab. Dann erzählte sie weiter. Wie verdächtig ihr die Sache vorgekommen war und dass sie eine Ungerechtigkeit witterte.

»Bei Ungerechtigkeiten werde ich allergisch, musst du wissen«, sagte sie und starrte wütend vor sich hin. »Also bin ich zu dir, um mir diesen Bahnhof und diesen *Kauz* mal anzusehen. Ich wollte ja sowieso ausreißen. Du lagst auf dem Weg. Ich dachte, dass ich dich vielleicht warnen könnte, falls du nett bist und nicht wie ein Kandidat fürs Altenheim aussiehst.«

»Nett war ich nicht gerade«, warf ich ein.

»Nein. Nett warst du nicht. Und als ich dich dann in der Nacht auf den Schienen gefunden habe, dachte ich zuerst, dass ein Heim vielleicht doch besser für dich wäre …«

»Errr-hemm«, machte ich empört.

»Ja, tut mir leid. Du warst so … zerbrechlich. Aber am nächsten Tag warst du so locker und es war so nett und als ich dann deinen Bahnhof gesehen habe, war sowieso alles klar. Und dann wollte ich die gute Stimmung nicht zerstören und habe es immer weiter hinausgeschoben …«

»Also *das* wolltest du mir an dem Abend vor meinem Geburtstag sagen. Deshalb warst du so komisch!«

Eli nickte und senkte den Kopf. »Es ging nicht. Du warst so glücklich. Und am nächsten Tag war schon der Brief da. Als du mir dann auch noch die schreckliche Geschichte von Feder erzählt hast«, Eli guckte wieder so, wie in dem Moment, als sie sich auf meine Pantoffeln übergeben hatte, »und was meine … *Verwandten* gemacht haben, da wusste ich, dass ich dir gar nichts mehr erzählen konnte. Du würdest mir ja doch kein Wort glauben und mich sofort rauswerfen … Ach, verdammt, es ist alles meine Schuld. Wenn ich dich früher gewarnt hätte, hätten wir, hättest du …«

Ich unterbrach sie. »Eli«, sagte ich. »Nichts ist deine Schuld. Es ist alles genau so, wie es sein soll.«

Sie sah mich entsetzt an. »Gibst du etwa schon wieder auf? Und was ist mit meinem *Superplan*?«

Eli hatte jetzt beide Augenbrauen hochgezogen. Plötzlich hatte ich großes Vertrauen in diese kleine Person.

»Ja«, sagte ich, »was ist mit deinem *Superplan*?«

Eli erzählte mir, was sie sich als Rettungsmaßnahme für meinen Bahnhof überlegt hatte. Wir würden es zu zweit machen. Ohne Bürgerinitiative, ohne Demonstration. Nur sie und ich. Ich war mir bei der Sache nicht ganz sicher. Es klang alles so leicht, wie sie es erzählte. Fast zu leicht. Aber wie sie da saß und mit leuchtenden Augen kühne Pläne zu meiner Rettung schmiedete – da fühlte ich mich plötzlich auch abenteuerlustig und wild. Und für einen Moment glaubte ich, dass es gelingen könnte. Doch eine Sache war da noch, die ließ mir einfach keine Ruhe. Eine klitzekleine, riesengroße Sache.

»Eli«, sagte ich. »Wie kann ich dir vertrauen, wenn Eleonore Madenbach deine Großmutter ist?!«

Eli sah mich fassungslos an. Dann schüttelte sie den Kopf. »Im Ernst, Graf? Du weißt doch wohl am allerbesten, dass man sich seine Verwandtschaft nicht aussuchen kann.«

19. Kapitel

Ich zeigte Eli, wie man ein weißes Blatt Papier behutsam mit Earl Grey bestreicht, so dass es aussieht, als ob es 41 Jahre in einem Aktenschrank verbracht hatte. Während ich Eli in den Gebrauch von Tee und Pinsel einwies, erzählte ich ihr, wie ich als junger Mann in einem Antiquariat ausgeholfen hatte. Die Spezialität des Antiquars war es gewesen, seltene Ausgaben von alten Büchern aufzustöbern, die unglaublich teuer waren. Und diese Bücher duplizierte er. Man kann auch fälschen dazu sagen, aber das sagte der Antiquar nicht. Er meinte, dass an den Büchern, die er anfertigte, ja nichts falsch war. Es waren Kopien, Duplikate, Zwillinge. Zwillinge, die er als Original ausgab und zu dem entsprechenden Preis verkaufte. Zuerst hatte ich Spaß daran zuzusehen, wie er seine Zwillinge herstellte. Doch als ich Hunderte Male gesehen hatte, wie er das Papier altern ließ, wie er Wasserzeichen ins Papier einbrachte, wie er Stempel schnitzte und fremde Handschriften imitierte, wurde mir langweilig und ich erkannte, was er da wirklich tat. Der Antiquar wurde mit seinen Betrügereien reicher und reicher, während ich, als sein Komplize, für einen kleinen Lohn jeden Tag Bücherkisten aussortierte und kaum genug zum Beißen hatte. Eines Nachts schnappte ich mir das Werkzeug und türmte. Ich ging in eine andere Stadt, in ein anderes Land sogar.

Eli strich verbissen mit dem Pinsel über ihr Papier. Mir wurde schwindelig.

»Hast du gut gemacht. Ich kann Betrügereien auf den Tod nicht leiden. Von dem hast du dir hoffentlich kein Kaugummi geschnappt«, sagte Eli.

»Natürlich, doch. Ein Kaugummi für *extra weiße Zähne*, länglich«, sagte ich und dann dröhnte mein Kopf und mir wurde schwarz vor Augen.

»GRAF! WACH AUF! Wir müssen langsam fertig werden. Allein komme ich nicht mehr weiter!«

Ich lag quer auf meinem Bett. In meinem Kopf pochte es. War ich etwa schon wieder ohnmächtig geworden?

»Warum hast du mich denn nicht früher geweckt?«, fragte ich.

Eli lachte. »Warum? Du bist gut! Du hast geschnarcht wie ein Siebenschläfer im Februar.«

Ich rappelte mich auf und streckte mich. Nach einem Glas Wasser und einer Handvoll Zuckerstückchen war ich so weit.

Eli hatte schon alles vorbereitet. Das gefärbte Papier war getrocknet und geglättet; Stempel, Schreibmaschine und Kugelschreiber lagen bereit. Ich diktierte Eli den Text, der mich endgültig zum Besitzer meines Bahnhofs machen sollte, und sie tippte auf meiner alten Schreibmaschine herum, als hätte sie nie etwas anderes getan. Als ich bemerkte, sie müsse wohl eine gute Schülerin sein, lachte Eli nur und sah mich mitleidig an. »Alles zu seiner Zeit, Graf«, sagte sie. »Lass uns erst mal diese Sache hinter uns bringen.«

Die Unterschrift war meine Aufgabe. Eli brachte mir das Dokument ans Bett. Als Unterlage nahm sie ein Buch von einem der Stapel und ich setzte die Unterschrift von Chlodwig Katzenbeißer unter das Dokument. Bis zu seinem Tod war er vierzig Jahre lang Ortsvorsteher gewesen und seine Unterschrift beherrschte ich wie meine eigene. Fertig. Jetzt mussten wir die Urkunde an den Ort bringen, an dem sie angeblich die letzten 41 Jahre verbracht hatte. Eli hatte mir ihren Plan genau erklärt. Aber ich muss gestehen, jetzt, wo es losgehen sollte, bekam ich doch ein bisschen Fracksausen.

»Bevor wir gehen«, sagte ich, »lass mich noch die Geschichte zu Ende erzählen. Die vom Kaugummi deines Urgroßvaters.«

»Jetzt?! Wir haben doch überhaupt keine Zeit! Außerdem bin ich mir nicht sicher, ob ich sie überhaupt hören will …«

Doch ich ließ mich von Elis Einwänden nicht beirren, denn mir war eben wieder eingefallen, wie die Geschichte endete. Ich begann in dem Moment, in dem mich Made senior am Ohr packt und von seiner Tochter wissen will, wer von uns beiden zuerst mit dem Harken aufgehört und den anderen abgelenkt hat …

»Es war Ewald, Vater«, sagte Made junior. »Er harkt schon eine ganze Weile nicht mehr.«

Mein Ohr brannte, als mich Made senior in der Strafkammer absetzte. Unter dem bösen Blick seiner Tochter hatte er Ewald freundlich empfohlen, die versäumte Zeit aufzuholen, und mich hatte er mitgenommen. Dass Ewald selten Strafen aufgebrummt bekam, war bekannt. Made senior wollte es sich nicht mit seiner Familie verderben. Also musste ich sitzen. Ich ging aufrecht mit und tat so, als würde mir der eiserne Griff an meinem Ohr nichts ausmachen. Zum Abschied schenkte ich Made junior ein grimmiges Lächeln. Und dann wartete ich.

Die Strafkammer war der Raum der Anstalt, auf den Made senior besonders stolz war. Sie war genau so groß, dass man darin stehen konnte. Wenn man aber versuchte, sich hinzusetzen, schürfte man sich bei dem Versuch zwar die Knie und den Rücken auf, aber bis nach unten kam man nicht. Also musste man stehen, an die Wand gelehnt am besten. Wenn du schon einmal länger als drei Stunden irgendwo gestanden hast, ohne dich bewegen zu können, kannst du dir vorstellen, wie unbequem das werden kann.

Die Wände der Strafkammer waren schimmelig und feucht. Es roch modrig und dazu war es kalt. Es gab eine winzige Mauerlücke, einer Schießscharte gleich, zur Allee hin. Tagsüber sah man dort meistens das schadenfrohe Gesicht Ewalds des Langen oder das eines seiner Günstlinge. Am Abend kamen Spinnen und andere

Krabbeltiere durch die Luke hinein, da es in der Kammer ein klitzebisschen wärmer war als draußen. Das soll nicht heißen, dass es warm war. Eine Heizung gab es in der ganzen Anstalt ohnehin nicht, schließlich sollten wir abgehärtet werden. Und dann war da die Kontrollluke in der Tür. Sie konnte nur von außen geöffnet werden und Made senior machte sich einen Spaß daraus, nachzusehen, ob man noch da war. Aber wo hätte man sonst sein sollen?

Ich hatte vielleicht zwei Stunden gewartet. Meine Beine kribbelten und waren gerade dabei einzuschlafen, dafür hatte immerhin mein Ohr aufgehört zu brennen. Da kam sie. Die Kontrollluke klappte auf und ich erwartete, die tiefe Stimme von Made senior zu hören. Jemand zischte: »Psst, du!«

Durch die offene Luke sah ich die Schramme, die die Schlafsaaltür über der dunklen Augenbraue von Made junior hinterlassen hatte. Dann musste sie sich auf irgendetwas draufgestellt haben, denn ihr Gesicht füllte die Luke aus.

»Alles klar da drinnen?« Sie sah mich spöttisch an.

Ich grinste schief und nickte. »Hab schon Schlimmeres erlebt.«

Sie lachte leise.

Aus der Ferne hörte ich Stühlerücken. Es musste Essenszeit sein. Abendbrot. Made junior aß nie mit uns, sie nahm ihre Mahlzeiten in dem Teil der Anstalt ein, der für die Madenbachs reserviert war: im Turm. Und mit Sicherheit bekam sie dort nicht denselben Fraß, den man uns vorsetzte. Made senior hingegen wachte eisern über unsere Mahlzeiten und ließ uns keine Unmanierlichkeit durchgehen.

»Hör mal«, sagte sie leise und beugte sich vor, »bisher hast du

mich zwar nicht sonderlich interessiert, aber heute dachte ich mir so, dass du vielleicht doch zu was zu gebrauchen bist.«

Durch die Mauern hörte man das Murmeln des Tischgebetes. »Es geht um Ewald. Ich möchte ihn auf die Probe stellen. Er ist in letzter Zeit etwas aufmüpfig.«

Ich musste sie sehr erstaunt angesehen haben, denn plötzlich lachte sie und sagte: »Dir kann ich trauen, dass sehe ich. Du kannst keiner Spinne etwas zu Leide tun.«

Sie nahm mich nicht ernst. Sie sah, was ich war. Einer, der schwach ist. Einer, der sich nicht auflehnt. Einer, der mitmacht. Ihr Gesicht verschwand und einen Augenblick später kam ihre Hand durch die Luke.

»Das ist mein Schlüssel. Den gibst du Ewald. Sagst, du hättest ihn beim Laubharken neben der Bank gefunden. Er kennt ihn. Wenn Ewald mir den Schlüssel zurückgibt, weiß ich, dass ich ihm vertrauen kann. Wenn nicht …«

Ich nahm den Schlüssel. Er hing an einer feinen Silberkette und hatte den kompliziertesten Bart, den ich bis dahin gesehen hatte.

»Wenn nicht, hast du Glück. Dann bist du mein Vize.«

Nun war wieder ihr Gesicht in der Luke zu sehen. Ich versuchte so auszusehen, als sei ich geschmeichelt. »Kannst dich auf mich verlassen«, sagte ich und dann räusperte ich mich, denn meine Stimme hatte seltsam brüchig geklungen.

Made junior lachte spöttisch. »Freu dich nicht zu früh«, sagte sie. Die Luke klappte zu.

»Ich sorge dafür, dass mein Vater dich vor der Nachtruhe hier rauslässt«, sagte sie noch.

Dann war sie weg.

Der Schlüssel lag schwer in meiner Hand. Dieser Bart war wirklich eigenartig. Er hatte nicht nur Zacken, sondern auch Löcher und seltsame Einbuchtungen an den merkwürdigsten Stellen. Ich wendete ihn hin und her. Aus der Ferne hörte ich den Gong zum Essensbeginn. Mein Blick fiel auf das Schlüsselloch. Er würde doch nicht … mir wurde heiß vor Aufregung und ich schluckte.

Tatsächlich. Der Schlüssel passte.

Vorsichtig, damit er ja kein Geräusch verursachte, drehte ich ihn um und dann war die Strafkammer offen. Ein Gefühl, als wenn tausend Spinnen in meinem Magen ein Wettrennen veranstalteten, machte sich in mir breit. Ich sah mich um. Ich hatte eine halbe Stunde. Maximal. Dann war das Essen vorbei und die anderen würden durch die Gänge in die Waschräume strömen. Made senior würde seinen Kontrollgang machen. Und irgendwann würde er mich, seiner Tochter zuliebe, befreien kommen. Ich musste handeln.

Zuerst zum Schlafsaal. Tatsächlich, der Schlüssel passte auch hier. So schnell ich konnte, holte ich den Beutel mit meinen Habseligkeiten unter meiner Matratze hervor. Dann rannte ich die Treppen des Turmes hoch. So gern ich einen Blick in die anderen Räume geworfen hätte, dafür war keine Zeit. Außerdem: Vielleicht saß Made junior hinter einer dieser Türen und verspeiste gerade eine kandierte Wachtel mit Orangensoße. Ich stieg ganz nach oben, bis ich vor der Tür stand, die zum Turmzimmer des Direktors führen musste. Mein Herz pochte. Mit zitternden Fingern öffnete ich das Schloss und trat ein.

Bisher hatte ich nur von außen gesehen, wie Made senior ans Fenster trat und auf einen Vogelschwarm schoss. Jetzt sah ich das Zentrum der Anstalt zum ersten Mal von innen. Schwere dunkle Holzmöbel standen im Raum verteilt. Auf einem wuchtigen Schreibtisch lagen Papiere. Eine angerauchte, kalte Zigarre lag in einem kristallenen Aschenbecher. Ein ausgestopfter Auerhahn krallte sich mit seinen Füßen an einem Briefbeschwerer fest, scheinbar zum Abflug bereit und doch für immer in dieser Position erstarrt. Andere ausgestopfte Tiere saßen, standen und hingen an den Wänden und auf den Schränken. Der Kopf eines Wildschweins war darunter, eine ganze Fuchsfamilie und mindestens ein Dutzend großer Vögel. Es kam mir beinahe so vor, als verfolgten viele kleine Augenpaare, wie ich von einer Ecke des Zimmers in die andere schlich.

Hinter dem Schreibtisch standen mehrere große Holzschränke voller Schubladen. Auf den Schubladen standen die Buchstaben des Alphabets. Das »E« war direkt in Augenhöhe. Ich sah zuerst das Schloss an. Dann den Schlüssel. Er passte. Natürlich. Langsam wunderte ich mich nicht mehr darüber. Ich zog die schwere Schublade auf und der scharfe Geruch von Möbelpolitur, vermischt mit dem von altem Papier, stieg mir in die Nase. Ich blätterte durch die Register. Eaníy-Bulgakow, von war da, Ebbenstein-Esterling, von und dann ließ mein Herz vor Schreck beinahe einen Schlag aus, als ich meinen Namen las: Eberharthausen, von. Meine Akte. Mit zitternden Fingern zog ich sie vorsichtig aus der Lade heraus. Ich fürchtete fast, die graue Kladde würde sich auf der Stelle selbst entzünden oder mich würde ein Blitz treffen, doch nichts geschah. Ich steckte die Mappe in meinen Beutel und schloss die Lade wieder ab. Dann stand ich einen Moment nur da, unfähig mich zu rühren.

Durch das große Fenster sah ich den Abendhimmel. Es war bereits ziemlich dunkel, doch in der Ferne sah ich deutlich den Umriss eines großen Vogels. Eine Wildente vielleicht, oder ein Schwan. Was zum Deibel machte ich noch hier? Ich hätte längst am Tor sein können, die Allee und die Anstalt im Rücken und vor mir nichts als die Freiheit! Doch irgendetwas hielt mich noch. Ich dachte an Made senior und seinen eisernen Griff an meinem Ohr. Und an seine Tochter, die mich für so fügsam hielt wie einen Schoßhund. Für so fügsam, dass ich es nicht einmal wagen würde, ihren silbernen Schlüssel auszuprobieren. Ich wollte etwas zerstören. Etwas kaputt machen. Ich holte aus, um gegen einen ausgestopften Dachs zu treten, der vor dem Schreibtisch auf dem Boden stand, doch als ich seine kleinen, dunklen Glasaugen sah, hielt ich inne. Plötzlich sah ich das runde Gesicht Feders vor mir. Von ferne dröhnte der Gong. Das Essen war vorbei. Ich hatte nur noch die wenigen Minuten, die das Abräumen und das Schlussgebet in Anspruch nehmen würden, sechs, sieben vielleicht. Ich sah mich noch einmal in Raum um. Mein Blick fiel auf etwas Kleines, Weißliches mitten auf dem Schreibtisch. Es war länglich, leicht gekrümmt, wie ein Haken, und hatte einige kleine Einkerbungen an den Seiten. Ich starrte das Ding eine Weile ungläubig an. Dann stieg ein Lachen in mir auf. Auf dem Tisch von Direktor Quirin Madenbach lag ein gekautes Kaugummi. Es roch schwach nach Pfefferminz. In diesem Haus, in dieser Anstalt, in der allein der Besitz von Kaugummi mit drei

Stunden Strafkammer geahndet wurde. Kauen auf dem Gelände: vier Stunden. Kauen im Unterricht: fünf Stunden. Und das Allerallerschlimmste – Entsorgung eines gekauten Kaugummis auf Anstaltseigentum: sechs Stunden.

Ich schnappte mir das kleine weiße Kaugummi vom Schreibtisch des Direktors und rannte, so schnell ich nur konnte, aus dem Gebäude, ein letztes Mal die Allee vor der Anstalt hinunter, durch das Tor hindurch in die Freiheit.

20. Kapitel

Die Häuser, die an der Hauptstraße des kleinen Ortes an der stillgelegten Bahnstrecke aufgereiht sind, sehen alle gleich aus. Klein und weiß mit spitzen, orangefarbenen Dächern. Unter ihren Giebeln hängen runde Holzscheiben, dicht an dicht. Sie sind prachtvoll bemalt, mit Hasen, Hirschen, Füchsen und anderem Getier. Und wieder kam es mir so vor, als würden unzählige kleine Augenpaare Eli und mich beobachten, als wir durch den Ort schlichen. Sämtliche Fenster waren dunkel, nur die Straßenlaternen beleuchteten matt die verlassenen Gehwege. An dem Haus, vor dem Eli abrupt stehen blieb, starrte uns eine besonders mächtige Wildsau von einer riesigen Holzscheibe entgegen, umrankt von Eichenblättern und hell gesprenkelten Frischlingen.

»Du bleibst hier«, sagte Eli.

Schon war sie über den niedrigen Zaun gesprungen und durch den Vorgarten an der Hausseite verschwunden. Mir blieb nichts anderes übrig, als mich auf den Bordstein zu hocken und zu warten.

»Wenn sie mich erwischt, sage ich, dass sie die Terrassentür offen gelassen hat und ich sie nicht aufwecken wollte. *Ich bin sooo müde, Oma*, sage ich, *ich will einfach nur ins Bett und schlafen*«, das hatte Eli gesagt. Und dann hatte sie so getan, als ob sie gähnte.

»Ich dachte, du hasst Betrügereien«, hatte ich gesagt und Eli hatte mich wutsprühend angesehen.

»Ungerechtigkeit ist noch schlimmer.«

Vom Haus gegenüber starrte mich ein Damhirsch an. Die großen Schaufeln seines Geweihs schienen zu schwer zu sein für den eher kleinen Kopf, der auf einem schlanken, rotbraunen Hals saß. Mitten in seiner Stirn war das Einschussloch. Ob die Madenbach ihr glauben würde? Was, wenn sie mit Dieben kurzen Prozess machte? Wenn sie Eli hörte, sie im Dunkeln aber nicht erkannte und sie einfach über den Haufen schoss? Ich wollte mich gerade aufrappeln, um Eli zu Hilfe zu eilen, da war sie schon wieder neben mir.

»Pssst, Graf. Weiter!«

Sie hielt einen dicken Schlüsselbund hoch. Ich pfiff leise durch die Zähne und erhob mich, da bemerkte ich eine Bewegung auf der anderen Straßenseite. Eine Gardine in einem der Fenster des Hauses neben dem mit dem Hirsch wackelte.

»Mist«, knurrte Eli, »schnell!«

Wenn das ein treuer Untertan der Madenbach gewesen war, würde er oder sie sicherlich nicht zögern, uns zu verpfeifen. Wir konnten natürlich nicht ahnen, dass meine alte Bekannte Hedwig Katzenbeißer die Angewohnheit hatte, sich allnächtlich nach der Lektüre der Tageszeitung eine heiße Milch mit Zimt zu machen, um dann auf dem Weg ins Bett einen Blick durchs Küchenfenster zu werfen und sich über Eleonore Madenbach zu ärgern. Wären wir nur eine Minute früher aufgebrochen, hätte sie uns nicht gesehen und alles wäre ganz anders gekommen.

Im Laufschritt eilten wir zum Ortseingang, wobei Elis Laufschritt etwas schneller war als meiner. Eli blieb immer wieder kurz stehen, doch zum Schluss rannte sie vor. Als ich endlich beim Rathaus ankam, wartete Eli in der offenen Tür. »Komm schon«, drängte sie. »Schnell!«

Wir betraten die kleine Halle. Gegenüber der Eingangstür war ein kleiner Empfangstresen. Rechts und links gingen mehrere Türen ab, davor standen Plastikstühle und ein Automat, an dem man Wartenummern ziehen konnte. Die Anzeigetafel über dem Tresen war dunkel. Eine geschwungene Treppe führte in den ersten Stock. Eli wollte zum Tresen stürzen, doch ich hielt sie zurück. Ab jetzt wusste ich, wie es weiterging.

»Nach oben«, ich deutete zur Treppe.

»Sicher?«

»Vollkommen.«

Eli nahm zwei Stufen auf einmal, ich stieg langsam hinterher.

»Hier ist es!«, rief sie und deutete auf ein kleines Schild neben der ersten Tür.

Ich nickte. Das Schild war neu. *Eleonore Madenbach. Ortsvorsteherin* stand darauf. Ob es sich drinnen verändert hatte, seitdem ich vor über dreißig Jahren dort gesessen hatte? Eli drückte die Klinke. Abgeschlossen. Sie probierte alle Schlüssel des Schlüsselbunds, das sie sich von ihrer Großmutter ausgeliehen hatte. Der vorletzte passte endlich.

Das Zimmer war vollkommen neu möbliert.Dennoch hatte das Büro von Eleonore Madenbach nichts mit dem Turmzimmer ihres Vaters gemein. Es war ein kahler, irgendwie amtsgrauer Raum. Ein amtsgrauer Schreibtisch, ein Kalender an der Wand, zwei amtsgraue Rollschränke mit Akten darin, mehr nicht. Hier war nichts von der pompösen Bedeutsamkeit des Direktors Quirin Madenbach zu spüren. Es sah langweilig aus und beinahe traurig. Ich sah mich enttäuscht um und hielt nach irgendetwas Persönlichem Ausschau, irgendetwas, das so richtig nach Eleonore Madenbach aussah, doch da war nichts.

Eli wühlte in den Aktenordnern. »Komm schon! Ich weiß nicht, wie so was heißt, du musst mir helfen!«

Ich kniete mich neben sie und studierte die Rücken der Ordner.

Bußgelder stand auf einem. *Beschwerden* auf einem anderen. Das sah schon eher nach Madenbach aus. *Schützenverein, Ordnungswidrigkeiten, Mülltrennungsanlage.* Mülltrennungsanlage … Ich nahm den Ordner in die Hand. Er war schmal und leicht. Dieser Ordner und eine Idee im Kopf der Tochter meines ehemaligen Anstaltsleiters, das allein sollte tatsächlich ausreichen, um meinen Bahnhof zu vernichten?

»Nein«, sagte ich laut. »Nicht mit mir. Mit *mir* nicht.«

Eli sah mich irritiert an. Ich nahm zielsicher den Ordner *Grundstücksverwaltung* aus dem Regal, zog die Urkunde, die Eli und ich gemeinsam angefertigt hatten, aus meiner Jacketttasche und heftete sie unter *B* ab.

B wie *Bahnhof*. *B* wie *Besitzurkunde*. *B* wie *Bösfrau*. *B* wie *Blödewichtin*. *B* wie *Bagger*. *B* wie *Blähungen*. *B* wie *bissig*. *B* wie *Büro*. *B* wie *Brechreiz*. *B* wie *beschummeln*. *B* wie *besser*.

Kaum hatte ich den Ordner zugeklappt, riss Eli ihn mir aus der Hand und schob ihn zurück ins Regal. Dann zog sie mich mit sich, aus der Tür hinaus und die Treppe hinunter.

ALS WIR VOR dem Rathaus standen, berührten die ersten Strahlen der Morgensonne gerade die Hauptstraße. Eli sah mich an. »Und?«, fragte sie. »Was machen wir jetzt?«

Da kamen sie auch schon. Eleonore Madenbach trug wieder ihr braunes, haariges Kostüm. Ohne Wildschweinanhänger. Ungefähr hundert Meter hinter ihr folgten Hedwig Katzenbeißer und drei andere Dorfbewohner. Die Madenbach war vollkommen atemlos, als sie schließlich vor uns stand.

»Großmutter«, sagte Eli und machte plötzlich ein so argloses Gesicht, dass ich beinahe laut gelacht hätte. »Was machst du denn hier? Etwa auch einen Morgenspaziergang?«

Erbost sah Eleonore Madenbach sie an. »Wo ist mein Schlüssel!«

Eli zuckte mit den Achseln. »In deiner Tasche?«

Die Madenbach schnaubte wütend und rüttelte an der Rathaustür. Als sie nicht aufging, packte sie Eli an den Schultern und rüttelte an ihr.

»Mooo-ment!«, rief ich.

Ich rief es so laut, dass ich selbst erschrak. Und dann, ohne auch nur eine Sekunde darüber nachzudenken, was ich da tat, griff ich Eleonore Madenbach mit beiden Händen unter die Arme und hob sie in die Höhe, so dass ihre Schuhe ungefähr zehn Zentimeter über dem Boden in der Luft zappelten. Dann sagte ich ganz ruhig: »Rühren Sie das Kind nicht an.«

21. Kapitel

Als sich der Tumult etwas gelegt hatte, der auf meine kleine Attacke hin ausgebrochen war, trat Hedwig Katzenbeißer vor und klopfte mit ihrem schwarzen Gehstock auf den Boden. Es wurde still.

»Sie können sie jetzt runterlassen«, sagte die alte Dame.

Erst jetzt wurde mir bewusst, dass ich die Madenbach noch immer in der Luft hielt. Als ich sie auf dem Gehweg abgesetzt hatte, fühlten sich meine Arme an wie Pudding. Sobald ihre Füße festen Boden berührten, fluchte Eleonore Madenbach los. Da machte Hedwig Katzenbeißer ein Geräusch, so etwas wie *Prrrt*, und die Madenbach verstummte, doch sie starrte Eli und mich weiter wütend an.

Hedwig Katzenbeißer bat uns, doch bitte zu sprechen.

»Diese beiden Eindringlinge haben meinen Schlüssel gestohlen und dann sind sie ins Rathaus eingebrochen, wo sie verbotenerweise die gefälschte Urkunde ins Archiv geschmuggelt haben!«, sagte die Madenbach schnell.

Vor lauter Wut hatte sie sich mehrmals verhaspelt.

»Wie bitte?«, fragte Hedwig Katzenbeißer. »Sprechen Sie doch deutlich!«

»Diese beiden Eindringlinge haben meinen Schlüssel gestohlen und dann sind sie ins Rathaus eingebrochen, wo sie verbotenerweise die gefälschte Urkunde ins Archiv geschmuggelt haben!«, wiederholte die Madenbach langsamer und mit schlecht versteckter Wut.

Die drei Dorfbewohner murrten leise. Es waren zwei ältere Herren und eine junge Frau. Die Frau hatte ich noch nie gesehen, doch die beiden Alten kamen mir bekannt vor. Waren das nicht der Bäcker und der Kioskbesitzer Kragenbein? Ich war mir nicht ganz sicher, schließlich war ich seit zwanzig Jahren nicht mehr im Ort gewesen. Die junge Frau sah ein bisschen so aus wie Hedwig Katzenbeißer zu der Zeit, als ich sie zuletzt gesehen hatte. Die beiden Herren nickten mir freundlich zu.

»Und was sagt ihr beiden dazu?«, wollte Hedwig Katzenbeißer nun von uns wissen.

»Wir haben bloß einen Morgenspaziergang gemacht«, sagte Eli und machte wieder ihr argloses Gesicht.

»Jep«, sagte ich. »Stimmt genau.«

»*Lüge*!«, rief die Madenbach.

Hedwig Katzenbeißer machte wieder ihr *Prrrrt*. »Dann gehen wir am besten mal nachsehen«, sagte sie.

Sie holte einen kleinen Schlüsselbund aus ihrer Handtasche und schloss die Rathaustür auf. Die Madenbach preschte vor, doch an der Tür zu ihrem Büro blieb sie hilflos stehen. Sie musste warten, bis Hedwig Katzenbeißer mit ihrem Gehstock Stufe für Stufe die Treppe erklommen hatte und ihren Schlüssel zückte. Eli sah mich fragend an. Ich wusste auch nicht, warum die alte Dame noch immer einen Schlüssel hatte. Vielleicht war er eine Erinnerung an ihren geliebten Chlodwig.

Kaum war die Tür offen, drängelte sich die Madenbach hindurch zum Rollschrank. Sie zog den Ordner mit der Aufschrift *Grundstücksverwaltung* heraus, schlug ihn auf und fauchte empört. Dann hielt sie ihn Hedwig Katzenbeißer hin.

»Da! Ha! Der Beweis!«

Hedwig Katzenbeißer studierte das Dokument. Dann nickte sie langsam und sah die Madenbach an. »Da haben Sie allerdings Recht.«

In mir sank ein Stein herab. Eli krallte ihre Finger in meinen Arm und ich zuckte zusammen, aber Hedwig Katzenbeißer war noch nicht fertig.

»Diese Urkunde ist in der Tat der Beweis dafür, dass unser guter Graf hier«, sie nickte mir zu und die beiden alten Herren murmelten beifällig, »der rechtmäßige Besitzer des alten Bahnhofs ist. Es hat also alles seine beste Ordnung, stelle ich hiermit in Anwesenheit mehrerer Zeugen fest.«

Eli unterdrückte einen Jubelschrei und kniff mich fest in den Arm.

»Autsch«, sagte ich, aber es war ein fröhliches *Autsch*.

Die Madenbach stammelte etwas und suchte nach Worten, aber es dauerte eine ganze Weile, bis man etwas von dem verstehen konnte, was sie sagte. »Das sagen *Sie*? Ausgerechnet Sie, als seine Witwe? Gerade Sie müssen es doch erkennen! Sie kennen doch seine Unterschrift wie keine andere! Sie können doch nicht zulassen, dass eine Fälschung Ihres Mannes Chlo–«

»Wollen Sie mich etwa der Komplizenschaft bezichtigen?« unterbrach Hedwig Katzenbeißer die Madenbach mit scharfer Stimme. »Wollen Sie andeuten, dass ich, die Witwe des Mannes, der vierzig Jahre lang mit ganzer Seele diesem Ort vorbildlich gedient hat und niemals, in all der Zeit, auch nur seine Schlüssel verlegt hätte«, sie sah die Madenbach mit einem eisigen Blick an, »wollen Sie etwa andeuten, ich würde lügen?«

Die Madenbach blickte unsicher von Hedwig Katzenbeißer zu Eli, von Eli zu mir und von mir wieder zu Hedwig Katzenbeißer. »Ähm ja, ich weiß auch nicht … natürlich nicht, nein«, stammelte sie und sah zu Boden.

»Gut«, sagte Hedwig Katzenbeißer. »Ich dachte schon.«

Dann drehte sie sich um und stieg ebenso langsam die Treppe hinunter, wie sie hinaufgestiegen war. Unten drehte sie sich noch einmal zu uns um.

»Ach, und, Frau Madenbach?«

Die Madenbach sah die alte Dame verschreckt an. »Äh, ja?«

»Sehen Sie doch mal in Ihrer Tasche nach.«

Die Madenbach blickte erst empört, doch dann griff sie folgsam in ihre Tasche und erstarrte. Wie in Zeitlupe zog sie sie wieder hervor. In der Hand hielt sie ihren Schlüsselbund.

»Ich …«, stotterte sie, »… wie kann das sein?!«

»Und das nächste Mal sehen Sie besser gleich nach, bevor Sie Unschuldige verdächtigen. Nicht wahr?«, sagte Hedwig Katzenbeißer streng.

Eli war damit beschäftigt, sich das Grinsen zu verbeißen, und Eleonore Madenbach machte etwas, das wie eine kleine, verunglückte Verbeugung aussah.

»Äh, ja«, sagte sie und verhaspelte sich dabei fast wieder, »natürlich. Vielen Dank.«

Hedwig Katzenbeißer machte sich mit ihrem Gefolge auf den Heimweg.

Als Eli und ich bereits die Richtung zu den Gleisen eingeschlagen hatten, stand Eleonore Madenbach noch immer wie eine kleine, braun behaarte Statue vor dem Rathaus.

ELIS GUTE LAUNE steckte mich an. Wir waren richtig aufgekratzt, als wir auf den Bahngleisen zurück zum Bahnhof hopsten. Das heißt, Eli hopste. Ich ging sicherheitshalber ganz normal. Ich ließ mir von Eli berichten, wie sie es geschafft hatte, ihrer Großmutter den Schlüsselbund in die Tasche zu schmuggeln. Eli winkte ab. »Kleinigkeit. Ist wie Taschendiebstahl. Nur andersrum.«

Dann erzählten wir uns immer wieder, wie Eleonore Madenbach mit ihren kleinen Füßen hilflos in der Luft gezappelt hatte.

»Sie sah aus wie ein behaarter Käfer im Spinnennetz!«, schrie Eli und prustete los.

»Wie eine Fellrobbe an der Wäscheleine«, sagte ich und kicherte.

»Wie ein Staubfussel am Küchenbesen!«

»Wie eine Pelzmütze am Angelhaken!«

Kurz: Wir waren bester Laune. Wir lachten, bis wir fast keine Luft mehr bekamen. Ich konnte mich nicht daran erinnern, wann ich das letzte Mal so gelacht hatte.

Eli wollte natürlich wissen, was es mit Hedwig Katzenbeißer auf sich hatte. Die gute, alte Hedwig. Von ihr hatte ich auch ein Exponat, ein Nikotinkaugummi. Jahrzehnte hatte ich nicht mehr an sie gedacht. Ich erzählte Eli, wie kurz nach meinem Einzug Chlodwig Katzenbeißer bei mir aufgetaucht war. Er war damals Ortsvorsteher und wollte sehen, wer da auf einmal in dem alten Bahnhof lebte. Wir mochten uns, Chlodwig und ich. Seine Frau Hedwig kam auf die Idee mit dem Scrabble-Spielen und bald waren die beiden jeden Sonntag bei mir zu Gast. Montags fehlte Chlodwig dann im Rathaus. Er vertrug den Schnaps nicht, den seine Frau brannte. Ich hatte damit keine Probleme und so wurde es zu unserem kleinen Geheimnis, dass ich es war und nicht der Ortsvorsteher, der montags in dem Büro im ersten Stock saß und Dokumente unterschrieb. Ich hatte schon immer ein Händchen für das Nachmachen von Unterschriften. Hedwig arbeitete auch im Rathaus und ich unterschrieb natürlich nur das, was Hedwig mir vorlegte.

Eli fand die Geschichte herrlich, kichernd und glucksend kamen wir am Bahnhof an. Ich fühlte mich so leicht wie ein

Blubberbläschen in der Badewanne. Ich hatte mich mit Eli versöhnt! Wir hatten den Bahnhof gerettet! Wir hatten die Madenbach besiegt! *Ich* hatte die Madenbach besiegt!

Dann sah ich die Mulde, die ich am Vorabend gegraben hatte. Genau zwischen der Veranda und dem Brombeerbusch. Waschbeckengroß und jämmerlich flach. Der Spaten steckte daneben. Ich wurde schlagartig ernst. Eli sah mich von der Seite an.

»Eli«, sagte ich. »Schmitt ist tot.«

Eli war einen Moment ganz still.

»Mannomann«, sagte sie dann leise. »Ich dachte schon, du merkst es nie.«

22. Kapitel

Beerdigung?«, fragte Eli und sah mich abwartend an.

Schmitt lag vor dem Ofen. Natürlich, wo sollte er auch sonst sein. Er war wirklich ganz schön in die Jahre gekommen. Seine langen Beine waren dünn und sein Fell hatte ein paar kahle Stellen, die ich jetzt zum ersten Mal bemerkte. Er lag auf seinem Teppich, genau so, wie er schon den ganzen Tag dagelegen hatte. Und den ganzen Tag davor. Und den ganzen Tag davor. Und wenn ich ehrlich zu mir selbst war, lag er genau so da, wie er die letzten zwanzig Jahre lang dagelegen hatte. Seitdem ich ihn an einem regnerischen Tag vom Tierpräparator geholt hatte. Aber wann nur hatte ich begonnen zu glauben, dass mein alter Freund noch lebte?

»*Benimmse*«, sagte ich. »Ich habe heute keine Kraft für Beerdigung.«

Und das stimmte. Obwohl wir ein langes Nickerchen eingelegt hatten, das zufällig sogar genau auf 10:00 gefallen war, die Nickerchen-Zeit von meinem Zeitplan. Es waren einfach zu viele Nachtschichten gewesen, die ich mir in den letzten Tagen zugemutet hatte.

Eli sah mich gequält an. »Und ich«, sagte sie, »habe keine Kraft für Benimmse.«

»*O-keh*. Morgen. Aber was machen wir dann?«

»Worauf hast du denn Lust?«

Ja, worauf hatte ich denn Lust? Ich hatte keine Ahnung. Ich hatte so lange nicht mehr darüber nachgedacht, worauf ich Lust hatte, dass ich gar nicht mehr richtig wusste, wie man das herausfindet. Wollte ich vielleicht aufräumen? Nein, eigentlich nicht. Wollte ich nachdenken? Nicht so richtig, nein. Etwas essen? Vielleicht später. Wollte ich lesen? Baden? Spazieren gehen? Schlafen? Je mehr Möglichkeiten mir einfielen, je mehr Dinge, die ich ja jetzt einfach tun konnte, desto weniger wusste ich, was ich mit mir anfangen sollte. Am Ende war ich ganz erschöpft vom vielen Überlegen und starrte mutlos auf den Fußboden. »Ich möchte eigentlich gar nichts machen«, sagte ich.

Ich fühlte mich unsicher. Als hätte ich eine falsche Antwort gegeben.

»*O-keh*«, sagte Eli. »Dann machen wir gar nichts.«

Aber wer von euch schon einmal versucht hat, gar nichts zu machen, weiß, dass das gar nicht so einfach ist. Die Gedanken wandern hierhin und dorthin und ehe man sich's versieht, macht man doch ganz viel, wenn eben auch nur in Gedanken.

Meine Gedanken waren bei Schmitt. Ob er wohl wütend darüber war, dass er noch immer bei mir im Bahnhof herumlag? Dass ich ihn hatte ausstopfen lassen, anstatt ihn anständig zu begraben? *Aber nein, er ist ja tot,* dachte ich dann. *Er ist bestimmt nicht sauer auf dich. Eher traurig darüber, dass du ihn so lange nicht loslassen konntest.* Ja, so wird es sein. Das passte zu ihm. Mein guter, alter Schmitt. Eine Träne löste sich aus meinem Augenwinkel. Sie kitzelte fürchterlich, dann rann sie meine Wange hinab. Ich wischte schnell mit dem Ärmel darüber, aber Eli hatte sie schon gesehen.

»Ach, Graf«, sagte sie und legte ihre Hand auf meinen Ärmel.

»Geht schon. Ich habe mich nur gefragt, wie es ihm jetzt wohl geht. Ob er sauer auf mich ist. Schmitt, meine ich.«

Eli überlegte einen Moment. »Ich glaube nicht. Du tust ihm bestimmt eher leid.«

Woher wusste sie das schon wieder? »Hat er dir das gesagt?«

Eli runzelte die Stirn.

»Ich meine nur. Weil ich eben dasselbe gedacht habe«, erklärte ich schnell. Sie sollte nicht denken, dass ich meschugge geworden war.

Jetzt guckte Eli wieder so listig wie einst Onkel Wetterquist. »Klar hat er mir das gesagt«, sagte sie. »Er redet doch die ganze Zeit mit uns. Wir hören nur nicht zu. Sei mal still.«

Und dann waren wir still und hörten Schmitt zu. Er erzählte, wie er seine Heimat vermisste. Istanbul. Und dass er jetzt am liebsten dorthin gehen würde, zu seinen Ahnen. In sein altes Viertel. Er erzählte, wie froh er war, dass er mich damals am Hafen getroffen hatte. Darüber, dass ich ihn mitgenommen und ihm die Welt gezeigt hatte. Und wie schön unsere gemeinsamen Abende auf der Veranda gewesen waren. Und die Spaziergänge in den Ort, zum Kiosk des alten Kragenbein, der ihm immer ein paar Wurstreste gegeben hatte; und zu der alten Silo-Anlage, wo man so herrlich Verstecken spielen konnte.

Eli sah mich entzückt an. »Ihr habt Verstecken gespielt, du und Schmitt?«

»Warum denn nicht«, murmelte ich. »Aber sei jetzt still. Lass uns zuhören.«

Schmitt erzählte von den Gesprächen, die wir geführt hatten, über das Leben und all das. Und von den Büchern, die er bei mir gefunden und gelesen hatte. *Dank dir, Graf,* sagte er, *habe ich verstanden, was es bedeutet, wirklich frei zu sein.* Dann erzählte Schmitt von seinem Tod. Wie schön es war, dass ich in diesem Moment bei ihm gewesen war. Wie er seinen Kopf auf meine Beine gelegt hatte. Wie ich ihn ganz lange gekrault und ihm etwas vorgesummt hatte. Er war ja so müde gewesen, so alt und müde. Nicht einmal die Wurst vom Kiosk hatte ihm mehr geschmeckt und einen Spaziergang schaffte er schon längst nicht mehr. Er sehnte sich nach damals, als er ein junger Hund war und mit seinen Freunden zwischen Mülltonnen und Meer herumtollte. Und dann hörte er einen Ruf aus der Ferne, so schön und einladend. Ihm wurde ganz leicht zu Mute und dann schlief er ein.

Jetzt war es Eli, die Tränen in den Augen hatte. Vielleicht

habe ich mich auch vertan, denn sie räusperte sich und dann sah ich auch schon nichts mehr. Denn jetzt war ich es, aus dem die Tränen nur so herausrannen. Ich hielt sie nicht zurück. Ich weinte und weinte. Es schüttelte mich richtig. Ich weinte um meinen Freund. Ich weinte um all die Jahre, die ich ihn hier auf seinem Teppich hatte liegen lassen. Und ein ganz kleines bisschen weinte ich auch um Eli, die einfach so zurückgelassen worden war. Als ich mich ausgeweint hatte, war ich unsagbar müde. Aber schlafen wollte ich nicht. Ich wollte ja nicht, dass es schon bald wieder morgen war und der Tag, an dem wir meinen Freund begraben würden.

Plötzlich hatte ich das bleiche Gesicht Feders vor Augen, nur für einen Augenblick, dann war es wieder weg. Dafür wusste ich jetzt, worauf ich Lust hatte. »Weißt du, was?«, sagte ich zu Eli. »Ich glaube, ich würde gern noch mal ins Kaugummizimmer gehen.«

Eli nickte. »Gut«, sagte sie, doch sie rührte sich nicht.

»Kommst du nicht mit?«

Eli zögerte. »Ich weiß nicht. Wenn ich darf, gerne. Aber vielleicht willst du ja auch mal ein bisschen allein sein.«

Allein sein? Nein. Allein war ich lange genug gewesen. Die letzten zwanzig Jahre, um genau zu sein. Allein sein, das war das Letzte, was ich jetzt wollte.

23. Kapitel

Auf dem Weg zum Kaugummizimmer fiel mir wieder ein, dass ich immer noch nicht mehr über Eli wusste, als dass sie sich mit altem Cognac auskannte und tatsächlich Made junior junior war. Ich hielt mitten auf der Treppe an, so dass Eli in mich hineinstolperte.

»Die Wahrheit, Eli. Die ganze«, sagte ich und setzte mich auf die Treppe. Eli seufzte und ließ sich neben mich plumpsen. »Ich wusste, dass du irgendwann davon anfangen würdest.«

»Dann bist du ja bestens vorbereitet.«

»*O-keh*. Aber nur, weil du mich so heldenhaft verteidigt hast!«

Schon wieder kicherten wir los, weil wir an Eleonore Madenbach dachten und wie sie verdattert in der Luft gehangen hatte. Doch dann wurde Eli ernst.

»Graf, du musst versprechen, es keiner Menschenseele zu verraten. Es ist Geheimnisstufe eins.«

»Verstehe. Ich werde diskret sein.«

»Ganz sicher? Es darf niemand wissen. Ich habe es meiner Mutter versprochen, bei Blut und Leben.«

Ich hob drei Finger der rechten Hand und machte ein feierliches Gesicht. »Du kannst dich auf mich verlassen. Auf mich und Schmitt«, denn mein alter Freund lag ja noch immer zu unseren Füßen in der Küche.

Zuerst erzählte Eli nur stockend, sie suchte lange nach den richtigen Worten und manchmal hielt sie inne und schien zu überlegen, ob sie wirklich weitersprechen sollte. Noch niemals zuvor hatte Eli jemandem ihre Geschichte erzählt. Sie war damit aufgewachsen, dass ihr Leben geheim war. Das hatte ihre Mutter ihr schon als kleines Kind beigebracht und Eli hatte sich daran gehalten. Doch am Ende kam Folgendes heraus:

Ich heiße Eli. Da kannst du deinen Ar–, pardon, dein Hinterteil drauf verwetten. Ich heiße nicht Eleonore, sondern einfach bloß Eli. Meine Mutter ist Geschäftsfrau. Sie macht Geschäfte mit allem, was ihr so einfällt, und das ist leider eine ganze Menge. Sie gründet dauernd neue Firmen und für die neuen Firmen braucht sie natürlich neue Namen. Neue Vornamen, neue Nachnamen, neue Haarfarben, neue Frisuren, neue Klamotten, einen neuen Wohnsitz in einer neuen Stadt – das ganze Programm. Sie schmiedet andauernd Pläne, wer sie als Nächstes sein wird, wie sie aussehen wird, wie sie sich kleiden wird, wie sie sich beneh-

men wird und überhaupt. Ich muss mitspielen, damit das Ganze funktioniert. Und wehe, ich mache einen Fehler! Ein Fehler kann uns die Existenz kosten, das hat meine Mutter mir beigebracht, bevor ich das Alphabet konnte. Ich muss unseren alten Nachnamen vergessen und den neuen lernen. Meinen Vornamen darf ich behalten. Weil ich ein Kind bin und man Kindern nicht alles zumuten kann, zumindest nicht siebenmal im Jahr einen neuen Vornamen. Sagt meine Mutter. Ich war die Tochter der Stoffhändlerin Babette Goldbein, der Cognac-Spezialistin Claudine Frénard, der Kosmetikstudio-Besitzerin Jacqueline Swoboda, der Kaffeeautomaten-Vertreterin Jessica Spinelli, der Parfümverkäuferin Karla Kiesewetter, der Bioputzmittel-Herstellerin Antara Honigmond und so weiter. Keine Ahnung, wie viele Namen ich schon hatte.

Eine Zeit lang war das ja alles noch ganz lustig. Ich habe mir die Töchter vorgestellt, die zu diesen Müttern passten, und mir Geschichten zu unserer Familie ausgedacht. Wir haben viel gelacht, Mama und ich. Eine Zeit lang haben wir einen richtigen Wettbewerb daraus gemacht, welche von uns ihre Rolle überzeugender spielt.

Nur in der Schule war es anstrengend, ich war ja immer die Neue. Eltern haben so eine Antenne für die Kinder von anderen Leuten. Zu mir waren sie immer scheißfreundlich, aber ich konnte in ihren Augen lesen, dass sie mich in Wirklichkeit nicht mochten. Einige hatten sogar Angst vor mir. Auf jeden Fall wollten sie nicht, dass ich etwas mit ihren Kindern zu tun hatte, von wegen kein guter Umgang und so. Natürlich haben die Eltern mir das nie gesagt, aber ich habe es gespürt. Irgendetwas an mir kam ihnen nicht ganz richtig vor. Aber zuerst habe ich trotzdem immer Freunde gefunden. Kinder sind zum Glück anders als ihre Eltern.

Eines Tages hat Mama mein Tagebuch gefunden, in das ich all unsere Namen geschrieben hatte. Sie war stinkwütend, ich sei eine Gefahr für unsere Existenz, das Tagebuch sei das perfekte Beweisstück, wenn das jemandem in die Hände fiele, sei Schluss mit diesem Leben … Sie hat es verbrannt. Von da an hatte ich keine Lust mehr mitzuspielen und war einfach Eli. Zwar mit neuen Nachnamen, aber darum kümmerte ich mich nicht weiter.

Bald kamen die Umzüge immer schneller hintereinander, oft mitten in der Nacht. In der Schule blieb ich auf Abstand zu den anderen Kindern. Zu viele Abschiede, zu traurig. Also war ich halt allein. Auch o-keh. Und von wegen gute Schülerin, wenn du wüsstest … Die Lehrer waren zwar oft ganz nett, aber sie hatten keinen Schimmer, was sie mit mir anfangen sollten. Dass ich nicht ganz blöd bin, haben sie schnell gemerkt. Aber es gab so viele Sachen, die ich nicht konnte. Mathe und so. Ich war ja nie länger als sieben, acht Wochen am Stück in einer Schule. Dafür weiß ich auf anderen Gebieten Bescheid und das fanden sie dann seltsam. Wenn ich ganz viel über die Zusammensetzung von Kosmetik wusste oder wie man das Alter von Alkohol am Geruch erkennt oder wie man elektrische Geräte so repariert, dass sie gerade bis zum Ende der Garantiezeit halten. Meine Mutter hat den Lehrern immer erzählt, ich hätte bis vor kurzem Privatunterricht gehabt, denn sie konnte ihnen ja unmöglich den Namen des Ortes oder der Stadt nennen, aus dem wir gerade getürmt waren. Sie haben aber immer gemerkt, dass da irgendetwas nicht stimmte.

Eli machte eine Pause.

»Mannomann. Tut mir echt leid«, sagte ich. Die Geschichte war ja beinahe noch schlimmer als meine eigene.

Doch Eli schnaubte unwillig. »Ich erzähle dir das nicht, damit du mich bemitleidest, Graf. Außerdem willst du jetzt bestimmt alles über meine Großmutter erfahren, stimmt's, du alte Stinkmorchel?«

Ich wusste nicht, ob ich beleidigt sein sollte. *Alte Stinkmorchel.* Aber es klang irgendwie nett, wie Eli es sagte …

Es war an einem Sonntag vor ungefähr drei Wochen. Meine Mutter hieß gerade Elisabeth Erlenbogen. Ich, klar, Eli Erlenbogen. Guter Name, oder? Passt zu Eberhart von Eberharthausen. Jedenfalls. Wir haben in einer kleinen Villa gewohnt. In einem reichen Ort, unten im Süden. Die Villa war von außen wunderschön. Verschnörkelt und so. Innen war sie leer. Ich hab auf einer Matratze auf dem Boden geschlafen, meine Mutter auf einer Decke daneben. Sie hat mit alten und sehr teuren Möbeln gehandelt und viel Geld verdient. Sie ist oft essen gegangen, mit reichen Leuten, denen sie Dinge verkaufen wollte. Oder von denen sie Dinge gekauft hat. Ich hab das nicht so ganz verstanden.

Ich bin zu Hause geblieben und hab mich von Keksen ernährt. In der Schule haben sie gleich gemerkt, dass ich nicht so war wie sie. Sie haben sich über mich lustig gemacht, aber das war mir völlig egal. Die Villa hatte einen wunderschönen Garten. Zuerst bin ich direkt nach der Schule dahin. Später bin ich gar nicht mehr in die Schule, sondern hab mich in der kleinen Efeu-Laube ver-

steckt, bis meine Mutter aus dem Haus war. Dann hab ich mich ins Gras gelegt und in den Himmel geguckt. Es war richtig schön, bis dieser Brief kam. Meine Mutter ist ganz komisch geworden. Sie ist ja sonst immer nur mit sich beschäftigt, aber plötzlich hat sie mich die ganze Zeit bedauernd angesehen.

Am Abend hat sie dann gesagt, dass es wieder losgeht. Ich hab mich geweigert. Ich wollte nicht weg von meinem Garten. Aber sie hat mich einfach ins Auto gezerrt. Ich hab mich gewehrt, aber meine Mutter ist ziemlich stark. Sie hat mich auf den Rücksitz gepackt und dann sind wir die ganze Nacht gefahren. Bis wir in diesen komischen Ort gekommen sind: alle Häuser gleich, niemand auf der Straße zu sehen. Wir haben vor dem Haus mit dem riesigen Wildschwein dran angehalten. Meine Mutter hat geklingelt, ich bin im Auto geblieben. Eine kleine Frau hat aufgemacht. Sie sah merkwürdig aus mit ihrem Kostüm und diesen Haaren. Die beiden haben lange geredet. Ich glaube, sie haben gestritten. Dann kam meine Mutter zum Auto gestapft und hat die Autotür aufgerissen. Sie hat mich nicht angesehen, aber ich hab trotzdem gemerkt, dass sie geweint hat. »Du bleibst hier«, hat sie gesagt. »Bei der neuen Geschäftsidee kann ich dich nicht brauchen. Ich hole dich hier wieder ab. Eleonore Madenbach ist deine Großmutter. Sie ist einverstanden. Keine Diskussion.«

Natürlich wollte ich nicht, aber es blieb mir nichts anderes übrig. Meine Mutter hat mich aus dem Auto gezerrt und ist losgefahren. Ich hab geschrien und geweint, aber es half nichts. Und dann kam diese Frau, die meine Großmutter sein sollte, und hat irgendwas Blödes über Krokodilstränen gesagt. Schließlich bin ich doch mit ihr ins Haus. Es hat angefangen zu regnen und ich hatte Hunger. Aber es war schrecklich da. Überall Schränke mit Gewehren drin und alte Schwarz-Weiß-Fotos auf den Kommoden. Sie hat sich geweigert, mir irgendetwas über sich zu sagen und warum ich sie bisher noch nie gesehen habe. Von mir wollte sie auch nichts wissen. Sie hat nur gesagt, wenn ich in ihrem Haus wohnen will, muss ich mich an ihre Regeln halten. Na ja, davon hatte ich nach drei Tagen genug. Ich hab gerade meine Flucht geplant, wie viel Proviant ich klauen soll, wohin ich gehe und so weiter, da hab ich das Gespräch mitgehört. Über den Abriss des alten Bahnhofs mit dem komischen Kauz darin. Na ja, und den Rest kennst du ja.

»Ja«, sagte ich, »den Rest kenne ich. Bis auf eine Kleinigkeit.«

Eli sah mich fragend an.

»Deinen Namen.«

»Einfach Eli, hab ich dir doch gesagt.«

»Deinen Nachnamen meine ich. Den echten.«

Eli sah eine ganze Weile auf ihre Hände. Dann wickelte sie eine Haarsträhne um ihren Finger, zog sie lang und wollte sich die Spitze eben in den Mund stecken, da besann sie sich und zuckte mit den Schultern.

»Ich weiß es nicht«, sagte sie leise. »Es ist so lange her.«

24. Kapitel

Schon vor der Tür des Kaugummizimmers schlug uns ein eigentümlicher Geruch entgegen. Scharf und säuerlich, gleichzeitig unerträglich süß. Eli hielt sich ein Haarbüschel vor die Nase. Ihre Süßigkeitenkotze war halb getrocknet und das, was nicht getrocknet war, war tief in das Holz der Dielen eingezogen. Die größeren Teile, anverdaute Stückchen von gestreiften Zuckerkringeln, Lakritzfitzel und so weiter, klebten am Boden fest. Eli wich zurück. »'tschuldigung!«, presste sie hervor.

»Schon gut«, sagte ich. »Da hilft nur eins. Evakuieren.« Nicht auszudenken, wenn der Geruch sich auf meine Sammlung übertragen würde! Ich holte Servietten aus dem Speisezimmer und band sie Eli und mir vors Gesicht. So furchtbar die Lage auch war, ich war froh etwas gefunden zu haben, das Eli von ihrem Kummer über den verlorenen Nachnamen ablenkte. Ich verstand nicht viel vom Trösten, aber Beschäftigung schien eine geeignete Methode zu sein, Eli sah schon viel fröhlicher aus und sah mich an, als erwarte sie irgendwelche Anweisungen.

»Wir bringen alles in die Schalterhalle«, sagte ich und meine Stimme bekam einen richtigen Befehlston. »Dort ist von nun an das neue Zuhause meiner Kaugummisammlung.«

UND DANN war es Nacht. Draußen funkelten die Sterne und drinnen, in der Schalterhalle, saßen wir, in einem Meer aus Kaugummis. Oder einem Meer aus Geschichten. Denn natürlich warteten all die Kaugummis, deren Behälter Eli und ich in stundenlanger Plackerei auf den Bänken und auf dem Fußboden der Schalterhalle aufgeschichtet hatten, nur darauf, dass ich ihre Geschichten erzählte. Zumindest von den wichtigsten Kaugummis musste ich erzählen. Von denen, deren Behälter mich anleuchteten. Von denen, die mir schon beim Ausräumen aus den Regalen etwas zugeflüstert hatten. Eli hatte unsere Decken geholt und saß nun, an eine Bank gelehnt, vor mir am Boden. Mit großen Augen sah sie mich an und lauschte.

»Das hier sind die Kaugummis aus meiner Kindheit. Davon kennst du schon einige.«

Ich stellte die Veilchenbonbondose mit dem Kaugummi von Herrn Walter vor uns. Daneben eine alte Tablettendose, in der nun das Kaugummi meines Vaters lag. Die Schachtel mit dem Kaugummi meiner Mutter, ein kleines Holzdöschen, das einmal einen hervorragenden französischen Camembert beherbergt hatte, kam auch dazu. Und das Glas mit dem Kümmelkaugummi von Butler Ferdinand. Er hatte dermaßen große Angst davor gehabt, vor meinem Vater einmal einen Wind zu lassen, dass er in den Dienstpausen heimlich Kümmelkaugummi kaute. Netterweise hatte er mir kurz vor meinem Aufbruch in die Anstalt ein Exemplar überlassen.

»Dann kam die Anstalt, wie du weißt. Aus dieser Zeit gibt es Kaugummis von einigen meiner Mitschüler, und das von Made senior.«

»Ewald?«, fragte Eli und verzog angewidert den Mund.

»Auch«, sagte ich, aber ich machte mir nicht die Mühe, nach seiner Dose zu suchen.

»Feder?«

»Leider nein.«

Dass ich kein Kaugummi von Feder besaß, hatte mich jahrelang gequält. Aber jetzt hatte ich mich damit abgefunden. Vielleicht gehörte er auch gar nicht hierher. Er hatte immer etwas leicht Überirdisches gehabt. Ich wollte ihn nicht in eine Schachtel sperren.

»Dann kam meine Zeit auf Trebe. Als Ausreißer. Ein paar Leute haben mir damals sehr geholfen, aber sie waren keine Kaugummikauer. Ich kam in die Stadt und arbeitete bei verschiedenen Leuten. Erledigte kleine Botendienste, verkaufte Lose und Zeitungen. Aus dieser Zeit habe ich auch einige Exponate.«

Eli nickte. »Aber sag mal, Graf, wie ist das, sammelst du eigentlich noch immer?«

Ich schwieg eine ganze Weile. Und dann erzählte ich Eli die Geschichte, wie es mit dem Kaugummisammeln zu Ende gegangen war.

»Als ich vor vierzig Jahren in den Bahnhof zog, wurde es schwierig. Von den wenigen Bewohnern des Ortes, mit denen ich in den ersten Jahren Kontakt hatte, hatte ich schnell Exponate beisammen. Eines Tages fand ich dann einen Stapel Kataloge von einem Auktionshaus, das die Hinterlassenschaften berühmter Personen versteigerte. In einem fand ich ein Kaugummi von einer Dichterin, die ich sehr verehrte. Es klebte an einer Manuskriptseite und um das Dokument nicht zu zerstören, wurde einfach alles zusammen versteigert. Auf diese Weise kam ich an einige tolle Kaugummis. Das Ganze war allerdings sehr kostspielig. Bald musste ich mich entscheiden: Kaugummis oder Bohnen. Tja, und das war genau die Zeit, in der Schmitt alt wurde und starb. Mir fehlte die Kraft, mich weiter um meine Kaugummis zu kümmern. Ich dachte mir den Zeitplan aus, um all die Stunden zu füllen, die ich zuvor mit Schmitt und der Pflege meiner Sammlung verbracht hatte. Zwanzig Jahre ist das jetzt her. In dieser Zeit bin ich wohl selber eine Art Exponat geworden. Wie ein getrocknetes Kaugummi, das Staub ansetzt. Und so wäre es wohl bis in alle Ewigkeit geblieben, wenn du nicht hier aufgetaucht wärst … Aber sieh mal, das hier ist ein besonders schönes Exemplar …!«

Ich nahm eine Dose von der Bank neben mir. Eli lachte. Es war eine Bohnendose. Sie hatte genau das gleiche Etikett wie die, von denen noch 997 Stück in meiner Speisekammer lagerten. *Brighton's Best Baked Beans* stand darauf. Englische Bohnen. In Tomatensoße. Die allerbesten. Ich löste die Aluminiumfolie, die ich an Stelle eines Deckels um die Dose geklebt hatte. Dann schüttete ich das Kaugummi in meine Hand. Es war blau, nicht sehr groß und hatte eine irgendwie nette Form. Anderes kann ich es nicht beschreiben. Ein bisschen rundlich, mit regelmäßigen Abdrücken von Zähnen. Der Geruch war vollkommen verschwunden. Das lag daran, dass es ein Automatenkaugummi war. Keine sehr gute Qualität. Eli betrachtete es neugierig und ich erzählte …

Die Geschichte des Kaugummis von Penny, dem Sänger der Punkband

Das Kaugummi stammt aus dem Kaugummiautomaten an einer löchrigen Mauer in Putney, der Rückseite eines heruntergekommenen Jugendzentrums. Ich arbeitete damals als Instrumententräger und Teebeauftragter für eine englische Band, die berüchtigt war. Für ihre Konzerte und für ihre Lebensweise. Sie waren alle spiddelig dünn und trugen schwarze Kleidung voller Löcher, weil sie sich niemals etwas Neues kauften. Ihre Konzerte arteten regelmäßig in Schlägereien aus, da es immer wieder Menschen gab, denen es nicht passte, was für Texte sich Penny, der Sänger, ausgedacht hatte. Ihre Lebensweise war in der Tat besonders. Die Band teilte sich ein altes Haus auf dem Land. Sie bauten dort Gemüse an und machten alles gemeinsam. Jeder hatte das Recht, zu tun, was er oder sie wollte. Niemand war der Bestimmer. Und bei allem waren sie absolut friedlich.

Ich mochte das alles sehr, war aber gleichzeitig zufrieden damit, ihr Helfer zu sein. So ein bisschen am Rand eben. Doch auf Dauer ertrug Penny das nicht. An einem Abend holte er mich auf die Bühne. Ich sollte singen, sagte er, und er würde von jetzt an die Instrumente schleppen und den Tee kochen. Am nächsten Tag verließ ich England. Ich nahm nichts weiter mit als ein paar Dosen Bohnen, das blaue Kaugummi und die Stiefel, die ich mir dort gekauft hatte. Richtig gute Arbeitsstiefel. Passen noch immer. Siehst du?

Ich streckte meine Beine aus und zeigte sie ihr. Mit den Schuhen und der hochgekrempelten Hose sah ich fast aus wie Penny. Eli nickte anerkennend.

»Und natürlich das blaue Kaugummi, das Penny beim Konzert ans Mikro geklebt hat«, fügte ich hinzu.

»Mannomann«, sagte Eli versonnen. »Du warst Sänger in einer Punkband! Graf!«

Ich winkte ab. »Ich war nur einen Abend der Sänger. Vom richtigen Sänger kommt übrigens das *Örp*. Du weißt schon. Was ich zu dir gesagt habe, als du hier aufgetaucht bist.«

Eli grinste.

»Er hat das immer gesagt, weißt du. War so eine Angewohnheit von ihm. Irgendwann haben wir es dann alle gesagt. Wir haben ganze Unterhaltungen nur mit dem Wort *Örp* geführt. Ich glaube, es gab sogar einen Song, der so hieß.«

Eli lachte. »Den würde ich gerne hören.«

»Ich auch«, sagte ich und wurde plötzlich ganz sehnsüchtig. Ob Penny noch lebte? Oder lag er bereits gepökelt in der Dose, war mausetot, wie so viele von denen, deren Kaugummis hier lagerten? Das alles war schon so lange her …

»Hast du von dem Kapitän auch eins? Von dem, der eine *echte Nummer* war? Mit dem du nach Istanbul gefahren bist?«

Ich war dankbar für den Themenwechsel. »Von dem, ja. Ist aber nicht wichtig. Der war eigentlich bloß ein alter Angeber.«

Es stimmte. Erst jetzt fiel mir auf, dass ich den Kapitän mit seinen großartigen Geschichten nie gemocht hatte. Aber immerhin hatte ich dank ihm Schmitt kennengelernt. Denn sonst wäre ich wohl nie nach Istanbul gekommen … Ich muss leise vor mich hin geredet haben, denn Eli sagte plötzlich: »Schmitt? Ja, was ist eigentlich mit Schmitt? Hast du von dem auch eins?«

»Nein«, sagte ich. Von Schmitt hatte ich tatsächlich kein Kaugummi. »Hast du schon mal einen Hund gesehen, der Kaugummi kaut?«

Eli grinste und schüttelte den Kopf. Dann sah sie mich an. Ihre Augen leuchteten. »Jetzt weiß ich endlich, wer du bist«, rief sie. »Du bist der Kaugummigraf!«

25. Kapitel

Ich erwachte, weil mich ein Sonnenstrahl an der Nase kitzelte. Eli war nicht zu sehen. Nur die Wolldecke, die sie wie einen leeren Kokon zurückgelassen hatte, lag auf dem Boden der Schalterhalle.

Ich rappelte mich auf. Meine Knochen schmerzten von der Nacht auf den Dielen, aber trotzdem fühlte ich mich gut. Denn nun hatte ich endlich begriffen, was Feder mir mit seinem Erscheinen im Brombeerbusch wirklich sagen wollte. Ich hatte eins und eins neu zusammengezählt und etwas Wunderbares war dabei herausgekommen. Ich würde mich sofort in meinem Arbeitszimmer einschließen und die Sache in Angriff nehmen. Ich musste nur noch schnell meine Pantoffeln und den Morgenmantel anlegen, damit ich wieder ganz ich selbst war.

Den Morgenmantel fand ich im Ankleidezimmer. Mit den

Mohnblüten über dem Anzug fühlte ich mich schon viel besser. Jetzt fehlten nur noch die Pantoffeln! Soweit ich mich erinnerte, lagen sie im Waschbecken im Badezimmer. Dort hatte ich sie eingeweicht, nachdem sie die Opfer von Elis Übelkeitsattacke geworden waren. Im Bad roch es nach Rasierseife. Jemand hatte die Pantoffeln ausgedrückt und auf den Rand der Badewanne gelegt, doch sie waren noch nicht ganz trocken. Ich sah aus dem Fenster, direkt auf den Brombeerbusch. Das Grab, das ja nur eine jämmerliche Mulde gewesen war, hatte sich über Nacht vergrößert. Es war zwar noch immer kein richtiges Grab, so eins, wie man es von einem echten Friedhof kennt, aber von hier oben sah es zumindest so aus, als ob Schmitt gerade so hineinpassen würde. Eli!

Ich suchte den ganzen Bahnhof ab. Zuerst sah ich auf der Veranda nach, dann im Arbeitszimmer und zum Schluss guckte ich noch einmal in die Wartehalle. Dann ging ich zurück nach oben. Ich öffnete die Türen aller Zimmer im ersten Stock. Sogar einen Blick ins leere Kaugummizimmer riskierte ich, doch ich schlug die Tür schnell wieder zu. Der Geruch darin war noch eigentümlicher geworden. Schließlich blieb nur noch eine Tür: das Speisezimmer. Ich fuhr mir mit den Händen durch die Haare und rückte meinen Morgenmantel zurecht. Dann klopfte ich an.

DAS ZIMMER SAH AUS wie zu seinen besten Zeiten. Das Mahagoniholz glänzte, die Mäusekacke war aus den Zimmerecken verschwunden und auf dem Tisch war mein bestes

Geschirr aufgedeckt, das mit dem Goldrand. Ich hatte es einmal in einem Karton auf der Hauptstraße gefunden, mit der Aufschrift *Zu verschenken!*. In der Mitte des Tisches steckte der kleine Zweig einer Hagebutte in einer alten Glasflasche. Dunkelrot hingen die prallen Früchte daran. Neben den Tellern lagen Silberlöffel. Für jeden einen. Sie waren ebenfalls blank gerieben. Auf den Tellern lagen Servietten. Eli musste lange gesucht haben, bis sie welche gefunden hatte, die weiß waren. Sie waren zu perfekten Dreiecken gefaltet. In eine Karaffe war Wasser gefüllt und jeder hatte ein sorgfältig geputztes Glas rechts neben dem Teller stehen. Neben den Hagebutten stand die Terrine. Der Deckel war zu, aber ich meinte, das feine Aroma von mehreren Dosen aufgewärmter *Brighton's Best Baked Beans* erschnuppern zu können.

»Da seid Ihr ja, Herr Graf«, sagte Eli und erhob sich. »Wie wundervoll. Dann können wir ja.«

»*Örp*«, machte ich.

»Wie meinen?«

Erst jetzt sah ich sie richtig an. Elis Gesicht war blitzsauber. Ihre Hände vollkommen rein. Nicht das kleinste Fitzelchen Schwarz war mehr unter ihren Nägeln zu sehen. Ich hätte nicht gedacht, dass das überhaupt möglich war, der Schmutz hatte so permanent gewirkt wie ein Teil von ihr. Und über allem hing der Duft meiner Rasierseife. Ich merkte, dass mein Mund offen stand. Eli reichte mir meine Serviette, goss mir von rechts Wasser ein und füllte von links meinen Teller mit Bohnen. Als sie auch sich selbst aufgetan hatte, sah sie mich freundlich an und sagte: »Na dann, guten Appetit. Lasst es Euch schmecken, Eure Erlaucht.«

Natürlich verfügte Eli ohne Nachnamen über die beste Benimmse, die man sich vorstellen kann. Ich schämte mich, war aber auch erleichtert. Ich hatte ehrlich gesagt gar keine Lust darauf gehabt, den Vormund zu spielen. Und mir kam es jetzt auch ein bisschen albern vor, wie wir da saßen, so mit ganz geradem Rücken und eng am Körper klebenden Ellenbogen. Einen Löffel nach dem anderen führten wir zum Mund, ohne zu reden. Es schmatzte auch niemand. Die Stille im Speisezimmer erschien mir mit einem Mal sehr laut.

»Efft fpipfe hafft bu baff bemafft«, sagte ich.

Eli zog eine Augenbraue hoch und sah mich tadelnd an. »Aber Erlaucht, ich bitte Euch!«

Ich hob die linke Pobacke und ließ einen Donnerknall los.

Eli grinste. Sie fischte eine Bohne von ihrem Löffel und steckte sie sich in die Nase.

»Herrlich«, sagte ich. »Wie in den guten alten Zeiten.«

Und dann schmatzten wir und redeten mit vollem Mund, wir stellten die Ellenbogen auf dem Tisch ab und ab und zu ließ einer von uns einen kleinen Donnerknall los. Wir kicherten und lachten und ließen es uns gut gehen. Zum Nachtisch aßen wir Zuckerstückchen direkt aus der Packung, bis ich sagte: »Jetzt ist aber Schluss.«

Eli sah mich mit großen Augen an. »Jetzt schon?«

»Ich glaube, jetzt habe ich genug Kraft. Für die Beerdigung.«

26. Kapitel

Es nieselte schon wieder. Die Spatzen hatten sich verkrochen. Es war still. Eli hatte tatsächlich weitergegraben, während ich noch in der Schalterhalle geschlafen hatte. Aber das Grab war noch immer nicht tief genug. Ich wollte gerade den Spaten holen und mich an die Arbeit machen, da sah ich sie. Sie schritt über die Bohlen wie ein Profi, genau auf uns zu.

Sie, das war eine große Frau mit kurzem, dunkelbraunem Haar und einem gelben Regenmantel. Darunter trug sie ein kariertes Männerhemd und eine Jeans. Als sie Eli erblickte, wurde sie noch schneller. Hinter ihr her stolperte Eleonore Madenbach. Mit ihren kurzen Beinen trippelte sie umständlich von einer Bohle zur nächsten. Sie machte eigenartige Hopser und schien immer wieder innezuhalten und zu überlegen, wie lange sie das durchhalten würde.

»Eli!«

Neben mir erstarrte etwas. Ich spürte es, obwohl wir uns nicht berührten. Es war, als wäre etwas Physikalisches mit Eli vorgegangen, das sie plötzlich zu einem Eisblock hatte werden lassen.

»Eli! Ich bin so froh! Endlich!«

Die Frau mit dem karierten Hemd blieb direkt vor uns stehen. Sie war fast so groß wie ich. Sie hob die Hand, als ob sie Eli an der Schulter berühren wollte. Eli wich zurück, als hätte sie einen Stromschlag bekommen.

»Ich hab es dir doch gesagt, das geht nicht so einfach«, schimpfte die Madenbach. Jetzt war auch sie bei uns angekommen. Zum ersten Mal bemerkte ich die Narbe über ihrer Augenbraue, an der Stelle, an der die große Eichentür in der Anstalt sie getroffen hatte. An dem Tag, an dem das mit Feder passiert war.

Die Frau sah Eli an. Eli sah auf den Boden.

»Sie ist ihre Mutter.« Die Madenbach deutete mit dem Kinn zu der Frau, die schweigend vor Eli stand.

Bei dem Wort *Mutter* ging ein Ruck durch Eli. »Denkst du«, spuckte sie aus.

Da schien die Frau in dem karierten Hemd aus einer Art Trance aufzuwachen. Sie blinzelte und sah sich um, als würde sie erst jetzt wahrnehmen, wo sie sich überhaupt befand. Ungläubig starrte sie den Bagger und den Bahnhof an, das frisch ausgehobene Grab zu meinen Füßen. Dann fixierte sie mich. Den *komischen Kauz* mit den Bartstoppeln, dem Morgenmantel, der hochgekrempelten Anzughose und der Tomatensoße vom Mittagessen im Gesicht.

»Wer sind Sie?«, fragte sie. »Und was ist das hier? Ist das etwa … ist das … ein *Grab*? Was soll das alles hier? Was haben Sie mit meiner Tochter vor?!«

Sie versuchte, Eli von mir wegzureißen, doch da griff Eleonore Madenbach ein. Sie versuchte, die große Frau in dem karierten Hemd festzuhalten, doch es gelang ihr nicht. Die Frau machte sich mit einer lässigen Bewegung los und griff wieder nach Eli, die ihre Mutter wüst beschimpfte, und diese wiederum keifte auf die Madenbach ein. Ich möchte hier nicht wiederholen, was gesagt wurde. Ich habe in meinem Leben einiges gesehen, aber so ein Streit zwischen Müttern und Töchtern, nein wirklich, das ist nicht schön.

Als ihr nichts mehr einzufallen schien, was sie der Madenbach an den Kopf werfen konnte, entdeckte Elis Mutter mich erneut.

»Sie sind ja immer noch da! Was glotzen Sie denn so?!«, sie war völlig außer sich. »Mutter, nun sag doch auch mal was!«

Eleonore Madenbach hob eine Augenbraue. »Der Alte ist harmlos«, sagte sie unwillig. »Er kann wahrscheinlich besser mit Kindern umgehen als du.«

»Allerdings«, sagte Eli. Sie drehte sich um, rannte die Treppenstufen der Veranda hoch und verschwand mit lautem Türknallen im Anbau.

»Ihr seid ja alle miteinander meschugge«, sagte ich. »Wenn ihr mich kurz entschuldigen würdet.«

SIE SASS AUF meinem Feldbett und sah vollkommen vertrotzt aus. Die Tomatensoße vom Mittagessen hatte sich mit den Tränen vermischt und war in ihrem ganzen Gesicht verteilt. Ich setzte mich neben sie. Sie rückte unwillig ein Stückchen von mir weg. Doch als ich nichts tat und auch nichts sagte, sondern einfach nur neben ihr saß und aus dem Fenster auf die Gleise blickte, wo die beiden Frauen noch immer aufeinander einredeten, rückte Eli wieder ein Stückchen näher und räusperte sich. »Und jetzt?« Ihre Stimme klang ganz klein.

Das hatte ich mich natürlich auch schon gefragt. »Was meinst du denn?«

»Ich geh nicht mit. Auf keinen Fall.«

»Eli –«

»Nein! Ich geh nicht mit! Das kannst du vergessen!«

»Eli –«

»Egal, ob sie meine Mutter ist, ich gehe nicht mit!« Jetzt klang ihre Stimme nicht mehr klein. Kein bisschen. Sie klang fuchsteufelswütend. Und ein klitzebisschen maulig vielleicht.

Ich warf ihr ein Kissen gegen den Kopf. »Lass mich bitte ausreden.«

Eli grummelte etwas Unverständliches.

»Bitte.«

»*O-keh*«, sie sah zu Boden. »Aber ich weiß schon, was du sagen willst. Du bist kein guter Vormund, weil du zu alt bist, und bei meiner Mutter bin ich doch am allerbesten aufgehoben und deshalb –«

»Nein.«

Eli sah mich erstaunt an.

»Nein, Eli«, sagte ich. »Ich weiß nicht, ob du bei deiner Mutter am allerbesten aufgehoben bist. Ich habe keine Ahnung von so was. Aber wir sollten hören, was sie zu sagen hat. Meinst du nicht?«

Nach einer ziemlich langen Weile sagte sie: »Und wenn sie will, dass ich mitgehe?«

»Dann überlegen wir uns was.«

»Wir? Ach, Graf. Sie ist meine Mutter. Die andere ist meine Großmutter. Auch wenn ich sie nicht kenne, sie ist es. Du bist nur so ein *komischer Kauz*. Was willst du schon machen.«

»Komm schon.«

Eli schüttelte unwillig den Kopf.

»Sich selbst leidtun bringt nichts. Hast du selbst gesagt. Und dann hast du noch gesagt, dass ich viel stärker bin, als ich denke. Ich weiß ja nicht, ob das bei mir stimmt. Aber bei dir stimmt es auf jeden Fall.«

»Du bist gemein«, sagte Eli. Aber dann wischte sie sich die Tränen vom Gesicht und stand auf.

ENDLICH WAR RUHE eingekehrt in meinem Bahnhof. Eli und ihre Mutter redeten drinnen in der Küche miteinander. Ich stand noch immer auf den Gleisen. Neben mir stand Eleonore Madenbach. Sie strich ihre braune Felljacke glatt. »Wie die Zeit vergeht«, sagte sie und setzte ein künstliches Lächeln auf. »Das war doch nett, damals, in der Burg.«

»Burg?«

»Na, die Burg, Burg Sonnenfels. Das Internat! Sie wissen schon.«

»Sie meinen die Anstalt.«

»Anstalt?!« Ihr breites Gesicht geriet einen Moment aus der Form. »Ach ja … ich habe damals munkeln hören, dass einige von der Anstalt sprachen. Dabei hat mein Vater es immer gut mit euch gemeint.«

»Gut?!«

»Haben Sie noch Kontakt zu den anderen? Zu dem kleinen … wie hieß er noch … Edgar? Ewald?«

»Ewald«, wiederholte ich tonlos.

»Ewald, genau. Der mit der Zahnlücke. Er wurde doch damals hinausgeworfen, weil er den Generalschlüssel meines Vaters gestohlen hat.«

»Generalschlüssel …«

»Sie waren da wohl schon nicht mehr bei uns. Ach, aber es war doch eine schöne Zeit … Leider musste mein Vater seinen Posten räumen. Die Familie des Jungen hat sich die Suspendierung nicht gefallen lassen. Und so haben wir alles verloren …« Ihre Stimme klang belegt und ihre Augen schimmerten feucht. »Ich bin wohl heute etwas sentimental. Erst habe ich meine Königinnenwürde abtreten müssen und dann auch noch das große Bauvorhaben verloren … was so eine Unterschrift alles bewirken kann … Aber rechtmäßig ist rechtmäßig ist rechtmäßig … da bin ich machtlos. Und die alte Silo-Anlage gehört der Katzenbeißer … die verkauft nicht, die Katzenbeißer …«

Was sollte das alles bedeuten? Was erzählte die Madenbach

da? Schöne Zeiten auf der Burg? Dazu ihr falsches Lächeln, das war ja kaum auszuhalten …

Ich sah hinüber zum Küchenfenster. Waren die beiden da drinnen nicht bald mal fertig? Elis Mutter hatte einen Arm um Elis Schulter gelegt und sagte gerade etwas zu ihr – da wollte ich nicht stören. Die Madenbach redete weiter auf mich ein. »... Ich habe ja gleich gesagt, dass es keine gute Idee ist, das Kind bei mir zu lassen … ich selbst kann ja mit Kindern überhaupt nichts anfangen. Komme wohl nach meinem Vater … Aber stellen Sie sich vor, ich habe etwas noch viel Besseres gefunden! Bei einer wunderbaren Organisation gegen das Verspeisen von Hunden. Ja, sie haben mir die Stelle der Ersten Vorsitzenden angeboten, eine äußerst wichtige Position. Ich werde natürlich viel reisen müssen: China, Korea, Schweiz … Aber denken Sie nur: Erste Vorsitzende Eleonore Madenbach. Das klingt doch recht stattlich. Meinem Vater würde der Titel gefallen. Er wäre sicher stolz auf mich. Ja, ich glaube, das wäre er«, mit diesen Worten drehte sie sich abrupt um, stolperte von den Schienen hinunter und verschwand an der Seite meines Bahnhofs, Richtung Hauptstraße.

»Man hat es nicht immer leicht mit seiner Familie«, murmelte ich und ging zu den anderen in die Küche.

27. Kapitel

Wir standen vor dem offenen Grab. Sie hatten es wirklich schön gemacht. Elis Mutter hatte aus der Mulde ein ansehnliches, tiefes und perfekt rechteckiges Grab geschaufelt. Eli hatte Blumen aus Zeitungspapier gefaltet und mit Tee gefärbt, so dass es aussah, als befände sich das Grab in einem Meer aus lichtbraunen Blüten. Der Bagger war am frühen Morgen abgeholt worden. Wir hatten unter der Veranda einen Feldstein gefunden, grau mit hellen Sprenkeln. Mit ihrer allerschönsten Schrift hatte Eli *Schmitt – ein freies Wesen* daraufgeschrieben. Es war zwar trocken an diesem Vormittag, aber trotzdem ein wenig grau. Die Erde war noch immer nass von dem Regen am Vortag. Schnecken saßen auf den Holzbohlen und ein paar Spatzen stritten sich um die Zwiebackkrümel, die Eli ihnen hingeworfen hatte.

Die Sargträger waren Eli, Elis Mutter und ich. Eli und ich hielten jeweils einen der vorderen Zipfel von Schmitts Teppich, Elis Mutter die beiden hinteren. Langsam und vorsichtig, damit er nicht noch im letzten Moment herunterrutschte, trugen wir Schmitt aus der Küche, über die Veranda und die Stufen hinunter zum Brombeerbusch. Wir legten den Teppich neben dem Grab ab. Die Sonne kam heraus und schien auf unsere kleine Gesellschaft. Der Brombeerbusch hatte nun auch seine letzten Blätter verloren. Aber im Frühling würde er wieder blühen und im Sommer würde er fette Früchte tragen und all die Vögel und anderen Wesen anlocken, die Brombeeren liebten. Das war der richtige Platz für meinen Freund.

Schmitt sah jetzt wirklich tot aus. Natürlich sah er noch genauso aus, wie er die letzten zwanzig Jahre ausgesehen hatte. Er lag scheinbar völlig entspannt auf seinem Teppich, die Schnauze ruhte auf seinen Pfoten. Das Kastanienbraun seines Fells war noch satt und schön, nur hier und da standen die Haare ein wenig ab – dadurch hatte er bisher immer so lebendig gewirkt. Aber ich wusste, dass er seine Schnauze nicht zum Wittern heben würde. Oder mit dem Schwanz wedeln oder sich mit der linken Hinterpfote am Ohr kratzen. Und er würde mir auch keinen Rat mehr geben. Mir nicht mehr sagen, was ich seiner Meinung nach zu tun hatte. Mir nicht mehr widersprechen. Ich würde in Zukunft wohl auf mich selbst hören müssen.

Eli stand neben ihrer Mutter. Die war, nachdem Eli sie von meinen guten Absichten und meiner Ungefährlichkeit überzeugt hatte, recht zahm geworden. Jedenfalls wurde sie sehr freundlich, nachdem sie von Eli alles über Schmitts verzögerten Tod erfahren hatte. Sie war taktvoll und lachte mich nicht aus. Im Gegenteil, ich hatte sogar den Eindruck, dass sie ein bisschen traurig war, obwohl sie Schmitt überhaupt nicht gekannt hatte.

Auch Eli war traurig. Es war ihre erste Beerdigung und sie war sehr aufgeregt. Ich hatte sie mehrmals daran erinnern müssen, dass Schmitt ja schon lange tot gewesen war und sie ihn im Grunde gar nicht wirklich kennengelernt hatte. Doch davon wollte sie nichts wissen.

»Er ist auch mein Freund«, sagte sie.

Elis Mutter trat vor, wie wir es besprochen hatten.

»Wir haben uns heute hier versammelt, um Abschied zu nehmen von Schmitt.«

Eli schluckte.

»Schmitt war ein Hund. Ein Freund. Ein Lebensbegleiter. Aber er war auch ein freies Wesen. Er suchte und fand seinen ganz eigenen Weg. Und glücklich können sich die schätzen, deren Weg er dabei kreuzte.«

Eli nahm eine Haarsträhne in den Mund und kaute angestrengt.

»Er hat seine Weggefährten viel gelehrt und sie haben viel mit ihm gelacht. Unvergessen die Versteckspiele an der alten Ruine, die langen Spaziergänge auf den Gleisen, die nächtlichen Gespräche über das Leben …«

Elis Mutter war ein Naturtalent. Als hätte sie nie etwas anderes gemacht, als Beerdigungen abzuhalten, sprach sie über Schmitt und die Stationen seines Lebens, als wäre sie dabei gewesen. Sie erzählte von Istanbul und wie wir uns kennengelernt hatten, von Schmitts rebellischer Zeit, als er seinen freien Willen entdeckte. Und von seinem langen, langsamen Ende.

»... und so ist es nun, zwanzig Jahre nach seinem Dahinscheiden, an der Zeit, ihn zurückzugeben. Zurück an die Natur. Zurück in die Freiheit. Möge er seine Ahnen finden. Möge er in Frieden sein.«

Eli rannen die Tränen jetzt nur so über das Gesicht. Zuerst versuchte sie noch, sie zu stoppen oder zumindest irgendwie zu verbergen, aber es gelang ihr nicht. Sie stand da und schluchzte. Elis Mutter nahm ihre Hand und Eli ließ es geschehen. Einen kurzen Moment machte sie sich zwar steif, aber dann schmiegte sie sich an ihre Mutter. Die lächelte mir zu. Ohne aufzusehen, streckte Eli ihre andere Hand aus. Ich nahm sie und drückte sie fest. So standen wir drei eine ganze Weile da und alles, was zu hören war, war Elis Schluchzen.

Ich selbst war nicht traurig. Ich war lange genug traurig gewesen. Wir warteten ab, bis Eli sich beruhigt hatte, dann nahmen wir die Zipfel von Schmitts Teppich und ließen ihn vorsichtig ins Grab rutschen.

Elis Mutter legte ihrer Tochter den Arm um die Schulter und führte sie ins Haus. Ich sah noch einmal in das Grab. Ganz friedlich lag Schmitt da unten.

»Tschüss, Alterchen«, sagte ich. »Wir sehen uns.«

Ich warf eine Handvoll Erde ins Grab und sprach ein stilles Gebet. Dann nahm ich den Spaten und schaufelte es zu. Elis Mutter hatte angeboten, die Arbeit zu übernehmen, aber diese Sache musste ich selbst erledigen.

VON EINEM LEICHENSCHMAUS wollte Eli nichts wissen. »Das klingt ja so, als wollten wir Schmitt *essen*«, hatte sie empört gesagt. Sie wollte, dass wir meinen Geburtstag nachfeierten, denn sie hatte das zweite Süßigkeitenpaket in der Speisekammer entdeckt. Ich hatte es in dem ganzen Kuddelmuddel tatsächlich vollkommen vergessen.

Über Elis Kopf hinweg sahen ihre Mutter und ich uns verlegen an. Wir hatten gemeinsam meinen einzigen Freund beerdigt, aber ich kannte noch nicht einmal ihren Namen. Eli hatte uns ja nicht zu Wort kommen lassen bei der Vorbereitung. Sie hatte alles dirigiert und die ganze Zeit darauf geachtet, dass ihre Mutter und ich kein persönliches Wort miteinander wechselten. Aber jetzt schien Eli die befangene Stimmung zu spüren.

»Na dann«, sagte sie. »Meine Mutter, der Kaugummigraf. Der Kaugummigraf, meine Mutter. So. Fangen wir an?«

Elis Mutter und ich sahen uns an.

»Äh, Madame«, sagte ich und stotterte ein bisschen, denn ich war mir plötzlich gar nicht sicher, ob *Madame* die richtige Anrede für diese Frau war. Aber sie grinste nur.

»Haben Sie denn auch einen richtigen Namen, wenn ich fragen darf?«, fuhr ich fort.

»Nun ja«, sagte sie zögernd. »Mit Namen ist das so eine Sache in unserer Familie.«

Eli murrte grimmig.

»Ich heiße … ja, im Moment habe ich eigentlich nur einen Nachnamen. Den Vornamen muss ich mir noch überlegen. Ich schwanke zwischen Sybil und Jenny, aber das muss Sie ja nicht weiter kümmern. Fürs Erste können Sie mich einfach Frau Ölmez nennen.«

»Ölmez!«, rief Eli.

»Sehr erfreut«, sagte ich, stand auf und machte eine kleine Verbeugung. »Gestatten, Eberhart von Eberharthausen.«

»Ich dachte, Sie heißen Kaugummigraf«, sagte Elis Mutter.

»Ölmez!«, rief Eli wieder. »Was willst du denn jetzt machen? Einen Kebab-Stand eröffnen? Irgendwelches Zeug aus Istanbul verticken? Ich hab keine Lust mehr! Ich steige aus!«

Frau Ölmez legte ihre Hand auf Elis Arm. »Eli. Ich mache gar nichts auf. Das ist unser Name. Weißt du denn nicht? Der Name deines Vaters. Und mit den Geschäften bin ich fertig. In den Knast gehe ich nämlich nicht zurück. Ich bleibe bei dir.«

»Knast? Vater?«

»Natürlich. Mustafa Ölmez. Sag bloß, du erinnerst dich nicht mehr.«

»Kein Stück«, murmelte Eli, aber ihr Blick verlor sich dort, wo bis vor wenigen Stunden noch Schmitt gelegen hatte.

»Mustafa …«, wiederholte sie und nickte versonnen.

»Dann heiße ich also Eli Ölmez«, stellte sie nach einer Weile fest und ihre Ohren glühten.

»Nicht ganz«, sagte ihre Mutter. »Eigentlich heißt du Elif. Aber das *f* hast du immer verschluckt, als du klein warst.«

Jetzt glühte Elis ganzes Gesicht. Es leuchtete richtig zwischen ihren Haaren hervor. »Elif«, sagte sie versonnen. »Elif Ölmez.«

Und dann sagte sie den Namen immer wieder leise vor sich hin, als würde sie eine Formel sprechen.

Frau Ölmez betrachtete ihre Tochter und lächelte. Dann wandte sie sich an mich. Sie sprach jetzt etwas leiser. »Es ist eine traurige Geschichte, müssen Sie wissen. Als Eli fünf war, wollten mein Mann und ich in die Türkei gehen. Ein kleines Hotel eröffnen. Na ja, eine Pension vielmehr, in seinem Elternhaus. Er flog vor, um alles vorzubereiten, doch dann wurde er in einer kleinen Seitenstraße von einem rückwärts einparkenden Auto erwischt. Seitdem sind es nur Eli und ich.«

RATSCH! ELI hatte die Verpackung des Süßigkeitenpakets einmal längs mit der Schere durchtrennt. Unter lauter *Ohs!* und *Ahs!* stürzten wir uns darauf. Doch diesmal ließen wir uns Zeit. Wir bliesen in die Trillerpfeifen aus Zuckerguss, bevor wir die Schokoperlen davon abknabberten und schließlich die Pfeifen selbst verspeisten. Wir bissen uns vorsichtig durch das Samtlakritz und kicherten über das Zungenfeuerwerk, das das Brausepulver veranstaltete. Wir ließen uns den Nougatkrokant und die Butterkipferln auf der Zunge zergehen. Wir staunten über die Zitronenflecken in Wacholderzucker und gerieten in einen wilden Streit über den letzten Limettenfizzer. Zum

Nachtisch machten wir uns über die Maroniherzen her. Elis Mutter klatschte verzückt in die Hände, wenn ich ein rot-weiß gestreiftes Seidenpapier hochnahm und darunter eine weitere Sorte Köstlichkeiten erschien. Als das Paket leer war, sah sich Frau Ölmez die Verpackung genau an.

»Hmmm. Also, bei diesen Süßigkeiten überlege ich schon, ob ich nicht einen kleinen Versandhandel –«

»Mama!«

»Man wird ja wohl noch ein bisschen träumen dürfen. Du musst zugeben, das wäre eine Wucht. Das Logo würde ich ein bisschen abändern, die Farben Lila-Türkis. Punkte statt Streifen. *Fanny's fabulöse Confiserie* … was meint ihr?«

»Mama!«

»Schon gut. War nur Spaß.« Elis Mutter warf trotzdem einen sehnsüchtigen Blick auf die Süßigkeitenschachtel.

»Wie wäre es mit einem kleinen Schlummertrunk im Cognaczimmer, Frau Ölmez? Eli gähnt schon. Und wir beide sollten uns mal unterhalten.«

Eli maulte empört, dass sie ja wohl nicht das kleinste klitzebisschen müde war und überhaupt, aber am Ende gab sie doch nach. »Aber du bringst mich ins Bett!«, verlangte sie.

»*O-keh*«, antworteten Frau Ölmez und ich wie aus einem Mund.

28. Kapitel

Während Eli von ihrer Mutter ins Bett gebracht wurde, räumte ich mein Arbeitszimmer auf. Das heißt, ich verstaute die Fälscher-Utensilien, fand dabei meinen verloren geglaubten Anzugknopf und las mich in verschiedenen Büchern fest. Als ich wieder in die Küche kam, war sie leer. Ich schlich nach oben. Eine Gästezimmertür stand offen, Eli und ihre Mutter lagen zusammengekuschelt im Bett und schliefen. Eli schnarchte leise. Eigentlich hieß sie ja jetzt wieder *Elif*, aber für mich würde sie doch Eli bleiben. Ich konnte ja schließlich nicht andauernd sämtliche Gewohnheiten über Bord werfen. Ich knipste die Nachttischlampe aus und Frau Ölmez öffnete die Augen.

»Sie haben eine tolle Tochter«, flüsterte ich. »Schlafen Sie gut.«

Sie nickte. »Gute Nacht. Und … danke.«

Endlich kam ich dazu, das zu erledigen, was ich schon seit dem Morgen nach der Kaugummi-Evakuierung hatte tun wollen. Bevor ganze Generationen von Madenbachs hier einmarschiert waren. Ich konnte es kaum erwarten, denn meine Idee war phänomenal. Nun ja. Im Grunde war es nicht meine – Feder hatte sie mir in den Kopf gesetzt.

Diesmal bereitete ich mich vor. Ich wollte schließlich nicht noch einmal in Ohnmacht fallen, nur weil ich eine weitere Nachtschicht einlegte. Ich machte Tee, füllte eine Schale mit Zuckerstückchen, öffnete eine frische Dose Kondensmilch und trug alles zu meinem Bett. Das Telefonbuch diente mir als Unterlage.

Ich krabbelte unter die Decke, stopfte mir ein paar Kissen in den Rücken und sah mich in meinem Arbeitszimmer um. Ich fühlte mich ganz leicht. Nur ich, die schweigenden Büchertürme, ein Stift und ein leeres Blatt Papier. Oben links, im Haupthaus, schliefen Eli und ihre Mutter. Weit weg, in einem alten Viertel im fernen Istanbul, plauderte Schmitt mit seinen Ahnen. Und draußen war die Nacht. Sie umgab meinen alten Bahnhof wie ein schützender Mantel aus dunkelblauer Winterwolle.

Dann legte ich los. Ich kramte in meinem Kopf nach den richtigen Begriffen, und als ich alle Wörter in meinem Kopf versammelt hatte, schrieb ich sie auf. Eine Seite schrieb ich voll. Es war gar nicht viel, was ich zu sagen hatte. Es mussten nur die richtigen Worte sein. Von wegen rechtsgültig und so. Gealtertes Papier brauchte ich dieses Mal nicht, ebenso wenig einen Stempel. Es reichte einzig und allein meine eigene, höchstpersönliche Unterschrift.

Oh, wie glücklich würden sie sein. Vielleicht nicht sofort, aber sie würden glücklich sein. Doch wohin nun mit dem Blatt? Eli durfte es auf keinen Fall vorzeitig finden. Ich lehnte mich aus dem Bett, griff unter mich und hob die Matratze gerade so weit vom alten Rost, dass ich das Papier darunterschieben konnte. Hier würde niemand nachsehen.

Meine Fingerspitzen stießen gegen etwas und ich purzelte fast aus dem Bett, als ich es unter der Matratze hervorzog. Es war eine Packung Kaugummis! Gegen Reiseübelkeit. Um genau zu sein, war es die Packung, die ich für die Rückreise aus England gekauft hatte, nachdem mich Penny auf die Bühne geholt hatte. Sie war nicht einmal halb leer. Ich drückte ein Kaugummi in meine Hand.

Obwohl ich Kaugummis sammelte, war ich selbst nie ein großer Kauer gewesen. Hier und da einmal ein Automatenkaugummi, und wenn ein Päckchen von meiner Cousine kam, hatte ich auch einmal ein amerikanisches Zimtkaugummi oder ein Bubblegum probiert. Aber es dürften nicht mehr als zehn, elf Kaugummis sein, die ich in meinem ganzen Leben gekaut hatte.

Der Überzug knackte, als ich es zerbiss. Sofort breitete sich der ernsthafte Geschmack von Medizin in meinem Mund aus. Das Kauen entspannte mich. Der leise Schmerz hinter meinen Schläfen, der mich den ganzen Tag gepiesackt hatte, gepuckert hatte, verschwand.

ALS DER MORGEN graute, stieg ich aus dem Bett, schlüpfte in meine Pantoffeln und trat auf die Veranda. Eine Weile sah ich zu, wie der Morgen sich entfaltete. Bald war der Nachtgeruch aus der Luft verschwunden und es roch nach Erde, Gras und Tag. Die vielen kleinen braunen Blüten, die Eli für die Beerdigung gefaltet hatte, waren eingefallen und feucht vom Tau, doch sie sahen schön aus, wie sie überall um Schmitts Grab herumlagen.

Da trat Frau Ölmez zu mir. Sie war in ihre Bettdecke gewickelt und auch mir hatte sie eine Wolldecke mitgebracht. Ich sah den besorgten Blick, bevor sie mir die Decke über die Schultern legte. Sie erzählte, es täte ihr furchtbar leid, dass sie Eli zu ihrer unbekannten Großmutter hatte bringen müssen. Sie hatte eingesehen, dass es ein Fehler gewesen war, Eli nichts von der kurzen Gefängnisstrafe zu erzählen, die sie wegen ihrer Geschäftsideen hatte absitzen müssen. Wegen guter Führung war sie vorzeitig entlassen worden und sofort zu ihrer Mutter geeilt. Und sie war außer sich vor Sorge gewesen, als sie Eli dort nicht vorgefunden hatte.

Wie sich herausstellte, gefiel Frau Ölmez das, was sie von meinem Bahnhof bisher gesehen hatte, sehr. Schon ihr ganzes Leben hatte sie von so einem Zuhause geträumt.

SPÄTER, FRAU ÖLMEZ machte gerade ein paar Besorgungen im Ort, zeigte ich Eli das Schlafzimmer. Ich hatte es nie benutzt. Mein Anbau war einfach behaglicher und das Feldbett hatte mir gereicht. Sie blieb in der Tür stehen und wirkte beinahe scheu. »Meinst du wirklich?«

»In der Küche kannst du jedenfalls nicht mehr wohnen. Vielleicht will ich mir nachts Bohnen warm machen oder deine Mutter kommt auf die Idee, einen Mitternachtstee zu kochen. Da würden wir dich nur stören.«

Eli stürmte ins Zimmer. Sie warf sich aufs Bett, so dass die Staubteilchen nur so wirbelten. »Graf! Das ist Bombe!«

Ich war auch ganz zufrieden. Die Wände des Zimmers waren blassgrün und es gab ein altes Himmelbett mit geschwungenen Seitenteilen und einem Baldachin aus silbernem Stoff. Wie fast alle Möbel in meinem Bahnhof hatte ich es auf der Straße gefunden. Vor dem Fenster stand ein Tisch, den ich aus Holzresten gebaut hatte, obendrauf eine schwarze Schreibtischlampe und ein altes Marmeladenglas voller Stifte. Vor dem Bett lag ein kleiner Teppich, daneben stand eine alte Werkzeugkiste aus Metall. Eli entdeckte sie sofort. »Und was ist das?«

Bevor ich *Stopp* sagen konnte, hatte sie sie auch schon aufgemacht. In der Kiste lagen ein Beutel aus Stoff, eine graue Papierkladde und ein großer Schlüssel mit dem kompliziertesten Bart, den man sich vorstellen kann. Er hing an einem feinen Silberband. Eli schnappte ihn sich sofort.

»Das ist … der Schlüssel …« Sie fuhr mit dem Finger über die kleinen Löcher und Einkerbungen an seinem langen Ende.

»… deines Urgroßvaters«, beendete ich den Satz.

»Und dann ist das da …«

Mit dem Fuß klappte ich die Kiste wieder zu und stellte mich davor. »Nichts. Alter Krempel.«

»Glaubst du ja selbst nicht.«

Ich zuckte mit den Schultern.

»Das ist deine Akte.«

»Und wennschon.«

»Hast du sie gelesen?«

Ich schüttelte abwehrend den Kopf.

Eli sah mich ungläubig an. »Du hast sie nicht gelesen?«

»Warum sollte ich.«

»Du musst sie lesen. Das weißt du.« Eli machte einen Schritt auf mich zu. »Graf«, sagte sie. »Du musst sie lesen.«

»Ich kann mir denken, was drinsteht«, sagte ich. Ich fühlte mich wieder ein bisschen so wie an dem Tag, an dem Eleonore Madenbach in meinem Bahnhof aufgetaucht war. So würstchenmäßig. Und klein.

»So ein Quatsch«, sagte Eli. »Wen interessiert der olle Wisch von meinem Uropa!

»Und wenn da steht, dass ich ein Würstchen bin? Ein feiges *Internatswürstchen*?«

»Bist du denn ein Würstchen?« Eli sah mich vollkommen ernsthaft an, doch ich hatte das Gefühl, dass sie sich tief in sich drin das Lachen verbiss.

Ein Würstchen. Tja. War ich das? Ich hatte mich gegen die Madenbach gewehrt, *o-keh*. Aber da waren all die anderen Momente in meinem Leben, in denen mir das nicht gelungen war. Zu was machten mich die? Ich wusste es nicht.

Trotzdem. Eli hatte Recht.

Und dann las ich meine Akte.

Ich brauchte einen Moment, um das, was ich da las, mit meiner Erinnerung zusammenzubringen. Ich dachte an den strengen Blick von Made senior und wie er ständig in sein kleines schwarzes Notizheft gekritzelt hatte, wenn er uns beaufsichtigte. An die ertappten Blicke meiner Mitschüler, die geheimnisvolle Macht, die dieses Notizbuch ausstrahlte. Und ich wusste – selbst wenn mich der Direktor für ein Würstchen gehalten hätte, nach dem Motto *Beurteilung: Der Schüler Eberhart von Eberharthausen ist ein Würstchen* –, ich würde mich jetzt auch nicht anders fühlen. All die Jahre hatte ich mich vor dem gefürchtet, was in diesem Koffer lag. Ich hatte sogar das Zimmer gemieden, in dem er sich befand. Doch nun merkte ich, dass das vollkommen unnötig gewesen war. Denn es war schnurzpiepe, was in meiner Akte stand. Es war schnurzpiepe, was Made senior vor über sechzig Jahren von mir gehalten hatte. Ja, es war sogar schnurzpiepe, was irgendjemand heute von mir hielt. Ich legte die Kladde zurück in die Kiste und machte den Deckel zu.

29. Kapitel

Frau Ölmez hatte den halben Kiosk leer gekauft und die Bäckerei gleich mit. Sie hatte ein wahres Festmahl auf dem Küchentisch aufgebaut. Marmelade war da, gleich zwei Sorten, Brötchen und Kaffee, frische Milch und Obst, Käse, Salami und Haferflocken. Stolz strahlte sie Eli und mich an, als wir die Treppe hinunterkamen. Doch Eli verzog das Gesicht.

»Was ist denn, Liebes?«, fragte Frau Ölmez und setzte gleich hinzu: »Ich hab mich übrigens für Jenny entschieden. Passt irgendwie besser zu mir. Findet ihr nicht?«

»Ganz formidabel«, sagte ich. »Ein hübscher Name.«

Jenny Ölmez hielt mir eine Tasse hin. »Kaffee?«

»Er trinkt Tee, Mama!« Eli sah knallwütend aus. »Er trinkt Tee und isst Schiffszwieback und Bohnen und Essiggürkchen und Zucker!«, schrie sie. »Und das hier ist alles falsch!«

Frau Ölmez blickte betroffen auf den Tisch. »Oh, bitte entschuldigen Sie«, sagte sie und zog die Hand mit der Kaffeetasse zurück, »ich wollte nicht …«

»Aber Eli«, sagte ich. »Fängst du jetzt etwa auch schon an, Gewohnheiten zu sammeln? Ich sehe keinen Grund, warum ich diesen köstlichen Kaffee nicht trinken sollte. Und diese Brötchen, sie rufen ja geradezu danach, verspeist zu werden!«

Sie guckte mich beleidigt an, doch dann siegte ein kleines Grinsen. »Graf, hast du etwa deinen Zeitplan besiegt?«

Zeitplan? Ich grinste zurück. Ja. Vielleicht hatte ich das sogar. Ich hatte lange nicht mehr an ihn gedacht. Es war, als hätte ich ihn zusammen mit Schmitt beerdigt. In Wirklichkeit lag er zwar noch zusammengefaltet in meiner Sommerhose im Ankleidezimmer und nicht in einer Grube unter zwei Metern Erde und einem Haufen Papierblumen, aber trotzdem. Es fühlte sich beinahe so an.

Das Frühstück von Frau Ölmez war wunderbar. Zumindest für mich. Eli maulte über die Auswahl ihrer Mutter, Rhabarber- und Zitronenmarmelade und Ziegenkäse konnte sie nicht ausstehen.

»Nächstes Mal kaufst du was, das ich auch mag!«, sagte sie und pulte mit angewiderter Miene die Kürbiskerne von einem Brötchen ab.

Elis Mutter sah mich bewundernd, aber auch ein bisschen neidisch an. »Sie hatten offenbar keine Probleme, den Geschmack meiner Tochter zu treffen«, sagte sie.

Eli kicherte, schmierte sich ein Butterbrötchen und wir beide schmatzten drauflos, dass die Krumen nur so flogen. Sollte Jenny Ölmez sich fortan um die Benimmse ihrer Tochter kümmern. Ich war dafür viel zu alt. Schlechtes Benehmen ist das Vorrecht der Jungen und der Alten, die in der Mitte müssen sich mit dem Erziehen herumschlagen. Jenny Ölmez warf mir entsetzte Blicke zu und ermahnte Eli wegen ihrer Tischmanieren. Aber Eli und ich schmatzten nur noch lauter.

NACH DEM FRÜHSTÜCK zeigten wir Elis Mutter den Bahnhof. Meine vielen Zimmer und alles, was darin war, gefielen ihr sehr. Doch beim Anblick der getrockneten Lache auf dem Fußboden des ehemaligen Kaugummizimmers hielt sie die Luft an. Wir erklärten ihr, was sich dort zugetragen hatte, und sie starrte uns verständnislos an. »Ihr meint, ihr habt lieber diese ganze Sammlung evakuiert, als einfach aufzuwischen?«

Eli und ich sahen uns an und dann prusteten wir los. Wir lachten und lachten, bis uns die Tränen nur so aus den Augen spritzten und ich mich am Türrahmen festhalten musste, um nicht umzufallen. Elis Mutter sah uns noch verständnisloser an, dann schüttelte sie den Kopf. »Ich muss euch ja nicht verstehen«, sagte sie und Eli nickte.

Frau Ölmez wollte natürlich unbedingt die Sammlung sehen, wegen der wir die ganze Arbeit auf uns genommen hatten. Also machten wir es uns in die Mitte der Schalterhalle gemütlich. Mit einem Armvoll Kissen aus den Gästezimmern bauten wir uns ein Lager zwischen all den Dosen und Schachteln, Kistchen und anderen Kaugummibehältern, die zu Türmchen aufgebaut und zu kleinen Gruppen geordnet waren. Jenny Ölmez wollte alles von Anfang an hören und so erzählten wir die Geschichten zusammen, Eli und ich. Eli unterbrach mich, wenn ich ein Detail vergaß, und schließlich machte sie aus den beiden unterschiedlichen Enden der Geschichte des Kaugummis von Onkel Wetterquist eine Version, die ehrlich, aber nicht peinlich war. Jenny Ölmez sog die Geschichten nur so auf. Die von Onkel Wetterquist, von Herrn Walter, die von meinen Eltern und die von Penny, dem Sänger der Band. Als wir alle Geschichten erzählt hatten, die Eli schon kannte, hielt Jenny Ölmez mir eine kleine japanische Porzellandose hin. Darin befand sich ein pinkes Bubblegum. Ich holte tief Luft und begann zu erzählen …

Die Geschichte des Kaugummis meiner Cousine Ella von Eberharthausen

Ich hatte eine Cousine. Eine Lieblingscousine. Sie hieß Ella von Eberharthausen und war 17 Jahre älter als ich. Sie war die Tochter des Zwillingsbruders meines Vaters, und der war noch strenger als mein Vater. Und sehr altmodisch. Ella interessierte sich für Mathematik und Astronomie, aber davon wollte mein Onkel nichts hören. Er stellte eine Gouvernante ein, damit sie meiner Cousine Konversation beibrachte. Außerdem musste sie sich in guter Haltung üben und ein klitzebisschen hatte sie mit der Gouvernante lesen und zeichnen dürfen, damit sie später keine allzu langweilige Ehefrau sein würde. All das hatte Ella überhaupt nicht gepasst. Als sie alt genug war, haute sie einfach ab und ging in die Stadt und dort lebte sie, als ich sie kennenlernte. Mit kurzen Haaren und Hosen und einem Cabrio. Ihr Vater wollte nichts mehr von ihr wissen, aber mein Vater ließ sie ihre Ferien bei uns im Schloss verbringen. Ella war die Einzige, die von meiner Sammlung wusste. Sie brachte mir das Angeln und Schwimmen bei und sagte mir, dass auch ich irgendwann in die Welt ziehen könne, wenn ich meine Kindheit erst einmal überstanden hatte. Die Ferien waren immer viel zu kurz.

Eines Tages hörte Ella von den Bauern und Arbeitern in Spanien. Die hatten sich zusammengetan, wollten sich nichts mehr befehlen lassen und nahmen ihr Leben selbst in die Hand. Ella war wie besessen davon und las alles über die spanischen Dörfer und Städte, in denen alle zusammen alles besaßen. Die Häuser, in denen sie wohnten, die Schulen, in denen sie lernten, die Betriebe, in denen sie arbeiteten, und die Busse, in denen sie zur Arbeit fuhren. Manche stellten Kleidung her, andere ernteten das Gemüse, wieder andere unterrichteten die Kinder. Es gab keinen Lohn, aber dafür konnten sich alle das, was sie zum Leben brauchten, direkt aus den Fabriken oder von den Höfen nehmen. Alle Kinder konnten in die Schule gehen, es gab nur noch Gleiche und alle waren frei.

So erzählte man es sich und Ella war begeistert. Sie reiste nach Spanien, in ein Dorf in der Nähe von Saragossa. Zuerst arbeitete sie in einer Rasierstube, später als Helferin bei der Weinernte. Dann nähte sie Lederschuhe für die Kämpfer. Als sie davon hörte, dass unter ihnen auch Frauen waren, die Seite an Seite mit den Männern kämpften, machte sie sich ein Paar Schuhe in ihrer Größe. Du musst wissen, dass meine Cousine Ella außerordentlich kleine Füße hatte – sie musste meistens Kinderschuhe tragen. Sie fertigte sich ein Paar robuste Stiefel an und zog los. Und so wurde aus meiner Cousine, Ella von Eberharthausen, eine Soldatin.

Dieses Kaugummi hat sie mir gegeben, bevor sie nach Spanien aufbrach, in den letzten Ferien, die sie bei meinen Eltern verbrachte. Es war an einem warmen Frühlingstag. Onkel Wetterquist war am Vorabend zu Gast gewesen und Ella und ich waren noch immer erfüllt von seinen Streichen. Wir waren schwimmen gewesen in dem kleinen Weiher, der zu unserem Grundstück gehörte, und ich hatte ihn das erste Mal der Länge nach durchquert, ohne drei Liter Wasser und eine Handvoll Kaulquappen zu schlucken. Danach hatten wir ein Wettrennen zurück zum Schloss gemacht, waren glücklich und prustend im Schloss angekommen und hatten meine Mutter über den Haufen gerannt, die gerade heimlich am Dienstboteneingang ein Stück Schinken verspeiste. Um ihrer Strafe zu entgehen, versteckten wir uns in einem der Gästezimmer im dritten Stock.

Wir warfen uns auf das große Bett, zogen den Himmel zu und hielten unsere schlammbespritzten Füße in die Luft. Da holte Ella die Bubblegums aus ihrer Tasche. Ich hatte so etwas noch nie gesehen. Es waren zwei riesige knallpinke Klumpen und ein fast schmerzhafter Geruch ging von ihnen aus. Künstlich und süß. Ella sah mich mit verschwörerischer Miene an. »Von meinem Freund«, flüsterte sie und war mir so nah, dass jede einzelne ihrer Sommersprossen so groß wie ein Pfennigstück aussah. »Er ist aus New York. Aber psssst. Sonst brate ich dich!« Dann brach sie in wildes Gelächter aus und kitzelte mich durch. Ihr Bubblegum klebte sie unter meine Türklinke, als sie am nächsten Tag nach Spanien abreiste.

Immer, wenn ich Ella vermisste, habe ich das Kaugummi hervorgeholt und daran gerochen. Leider ist der Geruch mit der Zeit immer schwächer und schwächer geworden und als eines Tages das Telegramm mit der Nachricht kam, dass Ella gefallen war, war nichts mehr von ihm übrig.

Ich öffnete die Blechdose. Das Kaugummi war pink und rund, fast kugelig. Und ganz glatt. Nur auf einer Seite war eine winzige Kerbe zu sehen, ein Abdruck des spitzen Eckzahns, den meine Cousine Ella immer gezeigt hatte, wenn sie lachte. Eli und ihre Mutter betrachteten es betroffen.

»Kopf hoch, meine Damen«, sagte ich. »Ella war eine lustige Person. Sie hätte sicher nicht gewollt, dass wir mit solchen Gesichtern an sie denken.«

Jenny Ölmez' Augen leuchteten. Sie murmelte so etwas wie *ein Leben in Kaugummis ... Schönheit des Objektes ...* Ich verstand nicht einmal die Hälfte, doch ich erkannte, wie sich die Kaugummis, die Geschichten und die Schalterhalle in ihrem Kopf zu etwas zusammenpuzzelten. Zu etwas, das die Welt noch nicht gesehen hatte. Zu etwas vollkommen Verrücktem. Und bevor Jenny Ölmez den Mund aufmachen und ihre finale Geschäftsidee in die Welt hinausposaunen konnte, kam ich ihr zuvor. »Wir eröffnen ein Kaugummi-Museum«, sagte ich.

30. Kapitel

Eli und Jenny Ölmez waren begeistert.

»Ich werde die Kassiererin!«, rief Jenny Ölmez und begann sogleich, sich die Uniform auszumalen, die sie zu dieser Gelegenheit entwerfen würde.

»Du übernimmst die Führungen, Graf!«, rief Eli.

»Wir nennen es: *Das formidable Museum des fantastischen Kaugummigrafen!*«, rief Elis Mutter.

»Wir stellen einen Kaugummiautomaten auf, so dass jeder nach dem Besuch seine eigene Sammlung starten kann!«, brüllte Eli.

Je lauter und aufgeregter die beiden fabulierten und im Geiste das gesamte Kaugummi-Museum einrichteten, desto beklommener wurde mit zu Mute. Ob das eine gute Idee gewesen war?

»Wir brauchen auf jeden Fall ein Kaugummi von dir, Graf!«, rief Eli.

Ich hob abwehrend die Hände. »Von mir nicht. Ausgeschlossen.«

Eli und ihre Mutter verstummten.

»Aber …«, sagte Eli betroffen, »du bist doch der Kaugummigraf!«

»Nein. Keine Chance.«

»Ihre Sammlung ist einzigartig«, Jenny Ölmez stand auf und wies mit einer großen Geste auf die Kaugummibehälter in der Schalterhalle. »Sie haben sie mit Ihrem Leben erschaffen. Also muss Ihr Leben auch seinen Platz darin haben. So sehe ich das.«

»Genau«, sagte Eli.

Einzigartig. Na ja. Das war wohl etwas übertrieben. Trotzdem fühlte ich einen eigenartigen Stolz. Vielleicht waren meine Kaugummis wirklich etwas Besonderes. Ich hatte das gar nicht so richtig gemerkt. Ich hatte einfach nur das getan, was mir Spaß machte, und vielleicht war ja tatsächlich etwas Gutes dabei herausgekommen. Aber ein Kaugummi von mir, nein, das ging zu weit. »Auf gar keinen Fall, meine Damen. Ich habe gesprochen.«

Eli verdrehte die Augen und grummelte so etwas wie … *schon rumkriegen, die alte Stinkmorchel.* Dann wechselte sie das Thema. »Aber von meiner Großmutter brauchen wir eins. Von *Made junior*.«

Ich nickte. Es war ein komplett widerlicher Gedanke, aber ja. Eli hatte Recht.

»Abgemacht«, sagte ich. »Das übernimmst du.«

Eli sah mich erschrocken an.

»Ich bin zu alt für so was«, sagte ich und zog die Decke enger um mich. Mir war schon wieder kalt. Elis Mutter sah mich so komisch von der Seite an.

»Na gut«, sagte Eli. Sie kicherte. Bestimmt malte sie sich schon aus, wie sie ihre Großmutter überlisten würde, um ein Kaugummi von ihr zu ergaunern.

»Und dann fehlt noch ein anderes. Ein extrem wichtiges«, sagte ich.

»Ich höre?« Eli war bis oben hin voller Tatendrang.

»Ein Kaugummi von Elif Ölmez«, sagte ich.

Eli strahlte. Doch sofort wurde sie verlegen. Sie stopfte sich eine dicke Haarsträhne in den Mund. »Meimfft bu? Efft?«

»Vollkommen absolut. Du darfst dir die Sorte aussuchen. Ich bin schon gespannt auf die Form.«

Die Spitzen von Elis Ohren leuchteten knallrot. Wie kleine Erdbeeren ragten sie aus ihren Haaren hervor. Sie sprang auf und umarmte mich, so fest sie konnte.

Und diesmal umarmte ich sie zurück.

31. Kapitel

Die nächsten Tage verbrachten Eli und Jenny Ölmez in der Schalterhalle. Zu Beginn assistierte ich ihnen. Ich half ihnen, die Kaugummis in die richtige Reihenfolge zu bringen. Aber die meiste Zeit saß ich in meine Decke gemummelt im Schaukelstuhl mitten in der Schalterhalle, eine offene Dose, ein Glas oder ein kleines Kistchen mit einem Kaugummi auf dem Schoß, und erzählte Jenny und Eli Ölmez die Geschichte dazu. Zwischendurch gab es Tee und Obst, Käsebrötchen und Zuckerstückchen. Doch irgendwann hatte ich die allerletzte Geschichte erzählt und es gab nichts mehr für mich zu tun. Ich setzte mich mit einem Tee auf die Veranda und genoss die goldene Nachmittagssonne und den Ausblick auf Schmitts Grab, während die beiden drinnen arbeiteten.

Jenny Ölmez war nicht zu stoppen. Sie überredete den

Kioskbesitzer Kragenbein, ihr einen alten Kaugummiautomaten zu überlassen, damit sich die Besucher nach der Besichtigung des Museums ein Kaugummi ziehen konnten. Gratis natürlich, sie baute den Münzeinwurf einfach aus. Sie sprach davon, einen kleinen Museumsladen einzurichten, wo die Besucher die Kaugummigeschichten auf Postkarten oder als kleine Heftchen kaufen konnten; das würde natürlich eine ganze Weile dauern, denn die Geschichten mussten erst einmal aufgeschrieben werden und Eli hatte noch genug anderes zu tun. Zur Eröffnung sollte der ganze Ort eingeladen werden. Eli hatte einen Text formuliert und hundert Mal abgeschrieben. Für jedes Haus eine Einladung. Sogar ihre Großmutter wollte sie einladen und natürlich Hedwig Katzenbeißer, die im Haus gegenüber wohnte und des Nachts gelegentlich hinter ihrer Gardine hervorlugte …

Leute kamen und brachten alle möglichen Dinge vorbei. Hedwig Katzenbeißer brachte Büromaterial und ihre Tochter, die Schneiderin geworden war, fertigte eine spektakuläre Uniform für Jenny Ölmez an. Der alte Kragenbein kam mit einer ausrangierten Kasse und der Bäcker versprach, zur Eröffnung belegte Brötchen mitzubringen. Aber auch andere Einwohner des Ortes, die ich noch nie zuvor gesehen hatte, kamen. Sie brachten ihre Kinder mit und begrüßten mich freundlich, sie sahen sich neugierig auf den Gleisen um, und nachdem sie mit Jenny Ölmez gesprochen hatten, wurden sie eingeteilt und halfen mit. Jeden Tag kamen mehr Leute, sie brachten Kuchen und Limonade, Werkzeuge und Ideen.

Es freute mich, meinen alten Bahnhof so belebt zu sehen. Es war alles sehr aufregend. Aber manchmal wurde mir der Trubel doch zu viel. Dann sah Jenny Ölmez mich besorgt an und brachte mich in mein Bett. Dort las ich oder hing einfach meinen Gedanken nach. Manchmal sinnierte ich auch. Es war ungemein gemütlich, in meinem Arbeitszimmer zu sein und die fröhlichen Stimmen von draußen zu hören.

Ab und zu nickte ich ein und wenn ich aufwachte, saß oft Eli neben mir. Sie hatte immer ein Zuckerstückchen dabei oder eine saure Gurke, aber ich hatte keinen Hunger. Elis Miene wurde finster, wenn ich ihre Verpflegung ablehnte.

»Graf. Bald ist die Eröffnung. Du willst doch die Leute herumführen. Du musst zu Kräften kommen.«

»Mir geht es fabelhaft.«

Eli nahm eine Haarsträhne in den Mund. Ihre Augen schimmerten.

»Eli. Kauen auf Fell ist ungesund. Das weißt du doch.«

Eli senkte den Kopf.

»Sieh mich an.«

Eli rutschte auf ihrem Stuhl herum.

»Sieh mich an, Eli. Und nimm die Haare aus dem Mund.«

Sie sah zu Boden.

»Mir geht es wirklich fabelhaft, Eli. Ich bin glücklich. So glücklich, wie ich es nie zuvor in meinem ganzen Leben gewesen bin. So glücklich, dass es kracht.« Ich strich über ihre Haare. Sie waren struppig, aber ganz weich. »Du musst nicht traurig sein, Eli. Ich bin es auch nicht.«

»…«

»*O-keh?*«

Endlich sah Eli mich an. Eine dicke Träne tropfte auf den Fußboden.

»*O-keh*«, sagte sie. »Aber nur, weil du es befiehlst, du alte Stinkmorchel.«

»Selber alte Stinkmorchel«, sagte ich und grinste.

Und Eli grinste zurück.

UND DANN, AN einem regnerischen Dienstag, war das Kaugummi-Museum fertig. Eli und ihre Mutter nahmen mich in ihre Mitte und führten mich hinein. Ich hatte noch immer meine Decke umgehängt, mir war jetzt immer so kalt, dass ich sie gar nicht mehr ablegte. Ich musste meine Augen zumachen und erst, als wir in der Mitte des Raumes angekommen waren, durfte ich sie wieder öffnen.

Was ich sah, übertraf all meine Vorstellungen. Die weißen Bänke waren zusammengeschoben, so dass man in der Mitte sitzen und in aller Ruhe all die kleinen, quadratischen Kästen an der Wand betrachten konnte, in denen die geöffneten Kaugummibehälter standen. Es waren Hunderte.

Der ehemalige Fahrkartenschalter war auch wieder in Betrieb genommen worden, hier war jetzt die Kasse. Aus den alten Fahrkarten, die wir gefunden hatten, hatte Eli Eintrittskarten für das Museum gebastelt. Sie hatte bunte Kaugummis auf die Karten gemalt und mit riesigen Buchstaben darauf geschrieben:

Neben den Holzkästchen, die Jenny Ölmez und ihre Helfer aus den alten Regalen des Kaugummizimmers gebaut und weiß angestrichen hatten, waren kleine Zettel an die Wand geklebt. Darauf standen die wichtigsten Informationen zu den Kaugummis, mit meiner alten Schreibmaschine getippt. Etwa so:

Herr Walter Walter. Klavierlehrer des Grafen. Zeit: Kindheit im Schloss. Alter des Kaugummigrafen bei Sicherung des Exponats: 7 Jahre. Sorte: Black Jack Lakritzkaugummi. Fundort: Unterseite des Flügels im Klavierzimmer im Schloss der Familie von Eberharthausen. Besonderheiten: Riecht nach Mundgeruch.

Eleonore Madenbach. Spitzname: Made junior. Ehemalige Schützenkönigin, Ortsvorsteherin und Erzfeindin des Grafen. Zeit: Schulzeit in der „Anstalt" (Internat Burg Sonnenfels) & Gegenwart. Alter des Kaugummigrafen bei Sicherung des Exponats: 81 Jahre. Sorte: Pfefferminzkaugummi. Fundort: an der rechten Oberkante des Schranks mit ihrem Lieblingsgewehr (Winchester Modell 1873, Short Rifle, Kaliber 44). Besonderheiten: keine.

Elif Ölmez. Beste Freundin des Grafen. Zeit: Gegenwart. Alter des Kaugummigrafen bei Sicherung des Exponats: 81 Jahre. Sorte: Apfelkaugummi vom Kiosk Kragenbein, mit Comicbildchen. Fundort: am Henkel der Teetasse des Grafen, beim Frühstück. Besonderheiten: Ohne Elif würde es das Kaugummi-Museum nicht geben. Bei weiteren Fragen bitte Elif selbst ansprechen.

Ich tappte von Kasten zu Kasten und las. Eli und Jenny Ölmez blieben dicht neben mir. Sie sagten nichts, doch ich konnte ihre Aufregung spüren, wie ein Flügelschlagen. Neben dem Fenster, das auf die Bahnschienen hinausging, lag Schmitts Teppich. An der Wand darüber hing ein Kästchen. Mir stockte der Atem. Sie hatten doch nicht …? Ich schlurfte näher. Das Kästchen war leer. Aber neben dem Kästchen hing ein Zettel. Darauf stand:

Schmitt. Hund, freies Lebewesen, Philosoph. Bester Freund des Kaugummigrafen. Sie lernten sich in Istanbul kennen und verbrachten ihr Leben miteinander. Leider existiert von Schmitt kein Kaugummi. Oder haben Sie schon mal einen Hund Kaugummi kauen sehen?

Ich trat zurück. Mein Hals fühlte sich ganz hart an. Als ob ein riesiger Klumpen versteinerter Bubblegums darin festsitzen würde. Ich schluckte mehrmals, dann räusperte ich mich und machte mich von Eli und Jenny Ölmez los. Sie sahen mich erwartungsvoll an. Ich machte eine kleine Verbeugung. In meinen Pantoffeln, meinem nachtblauen Anzug und dem Morgenmantel mit der Decke darüber stand ich vor Schmitts leerem

Kästchen. Ich machte mich ganz gerade, so gerade ich konnte. Dann sah ich meiner Freundin Eli fest in die Augen und sagte das, was ich schon die ganze Zeit zu ihr hatte sagen wollen: »Danke.«

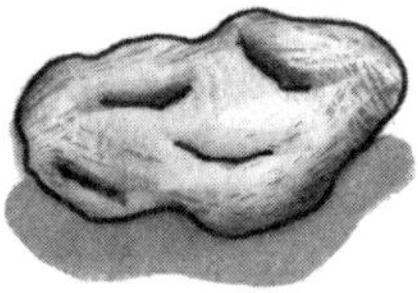

32. Kapitel

Nun ist es so weit. Ich sitze an meinem Schreibtisch, im Arbeitszimmer im Anbau. Die Nacht ist fast vorbei. Die Geschichte ist zu Ende. Ich habe euch alles erzählt. Nur eine kleine Sache muss ich noch erledigen. Ihr wisst schon, das Kaugummi. Für Eli. Ich bin zwar noch immer nicht ganz überzeugt davon, aber sie hat es sich gewünscht. Ich habe es nicht sehr lange gekaut, Medizingeschmack ist nicht so mein Fall. Aber ich habe es aufgehoben und Eli hat es bisher nicht entdeckt. Das Kaugummi ist eigentlich nichts Besonderes, es sieht ganz normal aus. Es hat eine ganz normale Farbe, weißlich irgendwie, und auch die Form ist nicht aufregend. Oval, ein paar Abdrücke. Ich werde es auf den Schreibtisch legen. Gleich neben das Dokument, das bis eben gut verborgen unter meiner Matratze gesteckt hat.

Eli und ihre Mutter sind noch immer in der Schalterhalle.

Wegen der Eröffnung. Morgen Nachmittag geht es los. Um halb drei. Ich glaube, sie haben sogar Girlanden gebastelt und nach Kuchen riecht es auch. Schokolade, glaube ich. Sie werden bald fertig sein. Die Fenster der Schalterhalle, oder des Kaugummi-Museums, sollte ich wohl jetzt sagen, sind von innen verhängt, aber ich höre ihr Lachen.

Ich gehe auf die Veranda. Der Himmel ist klar und voller Sterne. Ein Herbsthimmel. Es ist ganz still. Doch die Nacht ist voller Leben, man muss nur genau hinsehen. Ich blicke auf Schmitts Grab und ein warmes Gefühl breitet sich in mir aus. Ich denke an meine Freunde. An alle meine Freunde. Die Wärme, ich glaube, das ist das Glück. Die Decke brauche ich nicht mehr. Ich lege sie in den Schaukelstuhl. Jetzt ist es so weit. Eben habe ich ihn wieder gesehen. Feder. Mit seinem freundlichen Gesicht und den aufmerksamen Augen. Ganz deutlich, da hinten, bei den Gleisen. Er hat mich angesehen und mir zugelächelt und dann ist er wieder verschwunden. Und ich gehe jetzt auch. Ich gehe zu Feder. Denn ich habe so eine Ahnung, wo ich ihn finden werde.

Epilog

Wenn ihr einmal in den kleinen Ort an der stillgelegten Bahnstrecke kommt, denkt daran, beim Kaugummi-Museum anzuhalten. Ihr könnt es gar nicht verfehlen. Es ist möglicherweise das hübscheste kleine Museum der Welt. Jenny Ölmez wird euch eine Eintrittskarte verkaufen, sie kostet nicht viel. Wenn sie nicht an ihrem Schalter sitzt, geht einfach um Elis Bahnhof herum. Setzt euch auf die Veranda und probiert den Schaukelstuhl aus. Pflückt euch ein paar Beeren, wenn die richtige Jahreszeit dafür ist. Ihr könnt auch eine Blume auf Schmitts Grab legen. Und dann klopft an die Küchentür. Jenny wird euch gern aufmachen und euch die Sammlung zeigen. Ihr erkennt sie an ihrer Uniform. Sie ist rot-weiß gestreift und Elis Mutter sieht darin aus wie eine Zuckerstange. Wenn ihr nachmittags oder am Wochenende kommt, wird Eli euch herumführen. Sie wird sich euch natürlich als Elif vorstellen, aber ihr wisst ja Bescheid. Eli kennt jede einzelne Kaugummigeschichte auswendig und inzwischen ist sie auch nicht mehr so aufgeregt, wenn Besucher kommen. Sie kaut fast gar nicht mehr an ihren Haaren. Vielleicht wird sie sich ein wenig wundern, dass ihr so gut Bescheid wisst über sie und mich und meine Kaugummis. Sagt ihr einfach einen lieben Gruß von mir und nennt sie freundlich *alte Stinkmorchel*.

PS: Mein Kaugummi hängt übrigens gleich neben dem von Eli. Und das steht daneben:

> Eberhart von Eberharthausen, auch bekannt als: der Kaugummigraf. Alter bei Sicherung des Exponats: 81 Jahre. Sorte: britisches Kaugummi gegen Reiseübelkeit, Verfallsdatum abgelaufen. Fundort: neben dem Testament des Grafen auf seinem Schreibtisch in seinem Arbeitszimmer im Anbau. Besonderheiten: Der Kaugummigraf war eigentlich dagegen, sich selbst in seiner Sammlung zu verewigen. Er hat es nur Elif zuliebe getan. Also denkt jetzt bitte nicht, dass er grössenwahnsinnig geworden ist.

Danksagung
Ich bedanke mich bei Aenne Wendeling für Eberhart, bei den Autonomen im Rethemer Bahnhof in den 1980er-Jahren fürs Dortsein, bei »Writer's Omi at Ledig House« für die fabelhafte Residenz und beim Niedersächsischen Ministerium für Wissenschaft und Kultur für das Kinder- und Jugendliteraturstipendium 2015.

© privat

Kirsten Reinhardt wurde 1977 in einem ziemlich kleinen Ort in der Lüneburger Heide geboren. Inzwischen lebt und arbeitet sie als Schriftstellerin in Berlin. Ihr erstes Buch »Fennymores Reise oder Wie man Dackel in Salzmantel macht« wurde als noch unveröffentlichtes Manuskript mit dem Oldenburger Kinder- und Jugendbuchpreis ausgezeichnet. Kirsten Reinhardt hat einen eigenen Kaugummiautomaten, aber keinen Zeitplan.
Mehr unter www.kirstenreinhardt.de.

Marie Geißler wurde 1982 in Karl-Marx-Stadt geboren und studierte Visuelle Kommunikation mit Schwerpunkt Illustration in Weimar und Valencia. Sie rattert als Rädchen in der Zeichenwunschmaschine »Illumat«, ist Hausporträtzeichnerin eines kleinen Berliner Verlags und illustriert mit Vergnügen Kinder- und Jugendbücher. Sie lebt mit ihrer Familie in Berlin. Mehr unter www.mariegeissler.de.

© Florian Wehking